アガワ家の危ない食卓

阿川佐和子

新潮社

アガワ家の危ない食卓●目次

アガワ家の危ない食卓

旨いプレゼント

二〇一五年に他界した父の口癖は、「死ぬまであと何回飯が食えるかと思うと、一回たりともまずいものは食いたくない」であった。たまたま自分の気に入らない食事に出くわした日には、「一回、損した。どうしてくれる！」と本気で憤怒したものだ。

そんな父を見るたびに、私は心の中で反論した。毎食、おいしくなくてもいいじゃない。ときどき不味（まず）いものを口にするからこそ、その次、おいしいものにありつけたときの喜びがひとしおってものなんじゃないの？　そういう感謝と謙虚の気持をたまには持ってみたらいかがでしょう。

父が機嫌のいい日を見計らい、おそらく一度だけ、遠慮がちに進言したことがある。すると父は間髪を入れず、

「そういう気には、なれん！」

きっぱり言い切った。

なぜ父がそれほどまでに食べることに執着したか。父の母親は生粋（きっすい）の大阪人で、ことの

ほか食べることが好きだったようだ。病気の見舞いに花が届くと、「こんなもんよりお菓子のほうがどれだけありがたいか」と文句を言っていたという。だからその母親の遺伝かと長らく思っていたのだが、どうやら父の父親、私の祖父も「旨い物好き」であったらしいことをあとになって知った。父の著書によれば、戦前、祖父が仕事の都合で満州に滞在していた頃、身の回りの面倒を見てくれることになった知人の奥さんに向かってこう言ったそうである。

「あのな、おますさん。わしは着る物はどんなに粗末でも構はん。その代り、食ふもんだけ、毎日旨アいもんを食はせてくれ」（阿川弘之『亡き母や』より）

私には父方の祖父母の記憶がまったくない。祖父は私が生まれるよりだいぶ前に中風で亡くなっていたし、祖母も私が二歳になる少し前に他界した。ぐずつく私を抱いて父の故郷の広島まで列車で長旅をしたときは、それはそれは大変だったとその後母に何度も聞かされて、葬儀に参列したらしいことは認識しているが、自らの記憶に生きた祖父母の思い出は一切ない。まして祖父母がどれほど食べることに関心が高かったかとか、何が好物であったかとか、どんな料理が食卓に並んだかなど、もはや知るよしもない。

ただ、そういう両親のもとに、歳上のきょうだいからはるか離れて生まれた恥かきっ子の父が、戦争前後の貧しい時代を挟んだにしても、どれほど「旨い物」を与えられて育ったかは想像するに難くない。

ときどき父のことを、他人様は「グルメでいらしたんでしょう」とおっしゃってくださるが、そのたびに私は、

「いえ、決してグルメではありません。単に食い意地が張っていただけです」

謙遜しているわけではない。実際、そうだった。もちろん、東においしい肉があると聞けば即刻求めに行き、西においしい魚があると知ればいそいそと食しに出かける傾向は多々あった。食べものに対して腰が軽いことは間違いなく、また「おいしいもの」のためには比較的財布の紐が緩かったことも事実である。ただ、材料を極めるとか味を分析するとか料理人について研究するなどといった嗜好はさほどなかったと思われる。そういうややこしいことを考えるより前に、とにかく毎食、「旨い！」と思いたいのである。加えて「旨い！」と声を発するとき、できれば自分が極めて我儘(わがまま)の言える、誰に気兼ねする必要もない食卓で食べられることが父にとっては望ましかった。

だから、家族を連れて外食をすることを父はさして厭(いと)わなかった。むしろ気の張る食事会やパーティに出席して帰宅してきたときなどは文句たらたら。「気が張って、ろくに食ってない」と母に言いつけ、茶漬けを作らせたり晩ご飯の残り物を温めさせたりすることもしばしばであった。

小学校の低学年の頃に私は「エンゲル係数」という言葉を知り、「ウチはエンゲル係数が高い家庭なのだ」と理解していたし、昭和の半ばの時代に我が家ほど家族で外食をする

家庭はさほど多くなかったと思われる。それは楽しみなことではあったけれど、同時に、ともだちに話したら、「お宅ってそんな贅沢をしているの？」と非難されそうで、軽々に語れない我が家の特殊事情であると認識していた。

「子供が寿司屋のカウンターに座るなんて、どういう親の教育をしているの？　私は二十歳を過ぎるまで寿司屋のカウンターなんて座ったことがありません！」

悪友ダンフミはそう言って、私を非難する。たしかに私とて、幼い子供が生意気に寿司屋のカウンターに座り、「次はウニ」などと注文している姿を見つけたら、「親の顔が見てみたい」と顔をしかめるかもしれない。しかしそれが決して褒められた行為ではないと子供が知る暇もないうちに、父は家族全員を連れて頻繁に料理店へ出向いたのである。

小さな言い訳をさせていただけるならば、私は、寿司は好きだったが寿司屋のカウンターは怖かった。カウンターには今と違って煙をもうもうと上げながら煙草を吸っている人や、杯を上げて大声で騒ぐおじさんがたくさんいた。そんな乱暴そうな大人たちの居並ぶ中、隣に兄や母がいるとはいえ、お寿司を楽しむ気分にはなれない。ましてガラスケースの向こう側にいる職人さんに「次は何にする？」と問いかけられてもハキハキと答えることはできなかった。よく父に、「そんな小さい声じゃ聞こえない。もっと大きな声で言いなさい！」と叱られて、泣きそうになりながら、「イクラをお願いします」などと注文した恐怖の思い出がある。

もちろんその店は、父が懇意にしていた寿司屋だったので、子供連れを承知で受け入れてくれた。ただ、ひととおり食べ終わったらさっさとカウンターから離れる約束になっていた。私たちきょうだいは客のいない店の二階席の片隅で、「うるさくしてはいけない」という父の厳命を守り、父母の食事が終わるまで、本を読んだり絵を描いたりして待ったものである。

父はおいしいものを食べることが何よりの幸せだと信じていたので、家族ももれなく同じ思いであろうと信じていた節がある。

私が小学一年生か二年生の頃、誕生日を迎え、すると父が珍しく穏やかな声で話しかけてきた。

「そうか、今日は佐和子の誕生日か。なにか欲しいものはあるか?」

そんな優しい問いかけをされることはめったにない。私は心浮き立った。はて何を買ってもらおう。洋服にしようか。人形にしようか。あまり高価なものを望んだら怒られるかもしれない。ああ、迷う、どうしよう。こうして娘が熟慮しているのを、せっかちな父は待ちきれない。そしてとうとう、

「よし、誕生日の祝いにみんなで旨いもんを食いに行こう!」

父は嬉々として店の予約をし、支度を整え、家族揃って出かけることになる。が、私は内心、少し悲しい。食事で私のプレゼントはおしまいかと思うと、かなり悲しい。

でもそんな不満を言える立場にはなかった。諦めて食事を楽しむことにする。その晩は中華料理店へ赴いた。比較的和やかに食事を終え、母が会計を済ませ、さて帰ろうと店を出た途端、私にとって忘れることのできない悲劇が勃発したのである。その顚末はすでにあちこちに書いたので割愛させていただくが、簡単に言えば、せっかく娘のために大枚叩いてごちそうしてやったのに、娘は「お父さん、ごちそうさまでした」と言うべきところ、北風に吹かれてつい「寒い！」と言った、その一言に激怒して、そのあげく、母もそのとばっちりを受けて帰り道の途中で捨て置かれ、すわ一家離散かという、今、書いているだけでぞっとするほど恐怖に満ちた私の誕生日の思い出である。

父は子供の誕生日にかぎらず、おりおりに「旨いもんを食いにいこう」という提案をする癖があった。伴侶を失って気落ちしている母方の伯父をなんとか慰めようと思うあまり、「どうですか。旨いもんでも食いに行きましょう」と誘ったところ、伯父は答えた。

「お気持はありがたいけど、とてもおいしいものなんて食べる気になれないんです。妻は闘病中、ずっとおいしいものなんて食べられなかったからねえ」

電話を切った父は小声で言っていた。

「そうかねえ。旨いもんを食えば元気になれると思ったんだがねえ」

家族に癇癪を起こしたあと、

「わかったのか！」

「わかりました。私が悪かったです」

殊勝に謝る妻や娘の顔を見ると、かすかに憐憫の情が湧くのだろう。必ずと言っていいほど、この台詞を吐いた。

「わかったならよろしい。じゃ、機嫌を直して、旨いもんでも食いにいくか」

父に同行して初めてハワイへ行ったときもそうである。いつものように、私のちょっとした口答えに対し、父は激しく怒り狂い、私は父の前でおいおい泣き、そしてしばらくのち、

「わかったならもういい。旨いもんでも食いにいこう」

連れて行かれたのが、「タイ料理」レストランだった。少し優しくなったとはいえ、つい先刻まで私を睨みつけ、怒鳴りつけていた父の前である。そう簡単に天真爛漫な気持にはなれない。しかもタイ料理は初めてで、どんな料理が出てくるのかわからなかった。最初に供された、たしか青パパイヤのサラダが、コリコリしていておいしいのだけれど、なんといっても辛い。舌がしびれ、口から火を噴きそうなほどである。

「カラッ」

驚いて水を飲むがいっこうに口の中の爆発は収まらない。そこへスープの入った壺が運ばれた。このスープを飲んで口を和ませよう。そう思い、スプーンで一口するや、

「ひえぇぇぇぇ」

サラダ以上に辛いではないか。

「からーーーーーい！」

驚いて跳び上がったら、父が笑い出し、さらに隣のテーブルに一人で座っていたアメリカ人紳士がこちらに向かって日本語で、

「カラーイケド、オイシイネエ」

声をかけてきた。その一言に父は喜んで、この一件を随筆にした。父の随筆集『食味風々録』の「ハワイの美味」にその光景が描かれている。が、その場面を迎える前、自分が娘をバスタオルで引っぱたき、「からーーーーーい！」と悲鳴を上げた娘の顔にまだ涙のあとが残っていたことは、父の文章にはいっさい触れられていない。

風々録その後

以下数篇は父が亡くなる以前に書いたもの。

●冬瓜と父さん●

大分出身の友人から冬瓜が届いた。

「父が田舎から送ってくれました。食べてみてください」

その友人は、ときおり父上が畑で育てた野菜を分けてくれる。今回もにんじん、水菜、じゃがいも、トウモロコシに加え、半分に切った冬瓜が入っていた。冬瓜をいただくのは初めてだ。さて、どうやって料理しようかしら。

思案していたら、たまたまその夜、中華料理店にて冬瓜のスープが出てきた。そのなんと複雑で深みのある味か。透き通った琥珀(こはく)色のスープの中から、干し椎茸、鴨肉、アワビ、ハムなど、豪勢な具が次々に現れる。一方の冬瓜自体にはさほど味がない。でも、まわりの具やスープの滋養を十二分に吸い込んだ冬瓜のふにゅりとした食感が、スープの中核を成している。無味なる冬瓜がなかったら、このスープはこれほど上品なまとまりを持ち得ないであろう。不思議な食べ物だ。

ところで、なぜ冬瓜は、冬の瓜と書くにもかかわらず、夏の食べ物なのだろう。ついでに、なぜ夏みかんは冬に実をつけるのに、夏みかんと呼ばれるのだろう。

生物につけられた名前には、それぞれに事情があるらしい。冬瓜について調べたら、夏に収穫したのち丸のまま冷暗所に保存しておけば冬まで食べられるからだという。なんでそんなに賞味期限が長いのでしょう。ついでに冬瓜は身体を冷やす作用を持ち、夏の火照った身体には都合がいいらしい。

夏みかんの謎についてはよくわからないので、冬瓜のはなしを続けることにしよう。

中華料理店でおいしい冬瓜のスープを満喫した翌日、私は奮起した。

「よし、私もあんなスープを作ってみるぞよ」

まず半分大の冬瓜をまな板の上に載せ、包丁で切ってみる。真っ白い実の部分はシャキシャキしていて、中央には瓜科植物特有の黄色い種が集中してある。この種と周辺のヌメッとした部分は捨てていいのかな。外側の緑色の皮も除いたほうがいいのだろうな。皮と種を捨て、白い部分をかなり大きめの角切りにして、湯を張った鍋に入れ、下煮する。

「でも、あまり煮すぎると、酸味が出るらしいですよ」

忠実なる秘書アヤヤが料理本を持って走り寄ってきた。あらら、と私は慌てて冬瓜の鍋を火から下ろしざるにあける。アヤヤが開いた料理本とは、先日、雑誌の対談でお会いした辰巳芳子さんの『スープの手ほどき　和の部』(文春新書)である。

「種のまわりについているわたは、捨てずにあとで煮込むんですって」

「……早く言ってよ。捨てちゃった」

「種は煎じて飲むと利尿作用があるらしいです」

「……早く言ってよ。そっちも捨てちゃった」

そう応えると、秘書アヤヤが静かに唸った。

「っていうか、捨てる前にこの本をちゃんと読んでくださいよ」

まことアヤヤのおっしゃるとおり。私は何かを作る気になると、料理本の解説にちらりと目を通すにしても、読み切る前に動き始める悪い癖がある。あー、はいはい、だいたいわかりました。とにかく作ってみよう、という具合だ。それでもなんとかなる場合と、失敗する場合があるけれど、反省することは、ほとんどない。ま、こんな味でしょうと納得する。

そもそも辰巳先生の本に載っている冬瓜料理は中華風スープではなく、「葛引き」だったから、冬瓜の最初の扱い方だけわかればいいと思ったのだ。で、わたを捨てたあかつきは、さっぱり諦めて、残る白い実の部分でおいしいスープを作ろうではないか。

「辰巳芳子の薦める味」から取り寄せた「丸鶏スープストック」に、手持ちのロースハム、干し椎茸、干し貝柱、干し海老、八角、生姜、ニンニクなど、いかにも中華スープに似つかわしき乾物や薬味を大きめの鍋に入れ、もちろん角切り冬瓜をゴロゴロ放り込み、塩、胡椒、酒、老酒(ラオチュウ)、醬油などで味付けし、コトコト煮込んで数時間。嗅ぐも味わうも上等なスープが出来上がったのである。

「もしかして、これは私が今まで作ったスープの中でもかなり上位に入る出来だな」

自画自賛して半分量ほど賞味した二日後、父から電話がある。

「母さんが膝を痛めて歩けない。俺は朝から何も食ってない」

そうだ、こういうときこそそのスープである。辰巳芳子先生がおっしゃっておられた。

「体力のない老人や病人に何種類ものおかずを食べろと言っても無理です。一品でまんべんなく栄養を摂るにはスープがいちばん」

私はスープの鍋を抱えて車を走らせた。もうちょっと食べたかったという未練はあったが我慢した。両親宅に到着するなり、鍋をガス台にかけ、

「父さん、とびきりおいしいスープを持ってきましたよ。これから母さんを整形外科に連れていくから、このスープを飲んで待っていてくださいね」

得々と言い置いて母と出かける。治療を無事に済ませ、我ながらなんと親孝行な娘かと

感心しながら戻ってきたところ、父はぼそりと一言、

「あれは、スープというより煮込みだったな」

煮詰まっていたのは事実である。でもねえ。

優しい父さんから届いた冬瓜は、いじわる父さんの口に入って、消えた。

●おまけの勝ち●

晩ご飯を作るとき、何がいちばん面倒かと言えば、献立を考えることである。献立さえ決まれば、その方向に邁進すればいい。もっとも、メインの料理が決まっても、その料理に合うもう一品、二品の副菜を何にするかがなかなか決まらない。

もちろん私のように一人暮らしの身の上では何品も必要としないので、たいてい手抜き料理と前日の残り物ぐらいで済ませることができる。が、家族と一緒のときや来客をもてなすときなどは、いつも激しく頭を悩ませる。

ああ、何を作ろうかなあ……。

先日、久々に父のために晩ご飯を作った。母が検査入院をして留守だったので、娘の私が親の家に戻って父の食事の世話をすることになったのだ。若い頃は、酒の肴から始まっ

て、野菜、肉、ご飯のおかず、お漬け物など、品数を要求する父であったが、さすがに九十一歳になり、だいぶ食も細くなったようである。しかし、量は減っても、食べることに対する欲は衰えていないようで、「なんでもいいよ」と口では言いながら、「まずいものは嫌だ」と顔で訴えてくるのを察知した。

「よし、たまのことだ。頑張ろっと」

まだ頭の整理がつかないまま、私は近くの食料品店を駆けずり回った。

「ニラと豚があったら、ニラ豚ができるな」

ニラと豚の中華炒めは私の得意料理である。豚バラ肉の薄切りとニラをそれぞれ細長く切って、ニンニク、生姜のみじん切りとともに油で炒めて醬油で味をつけるだけ。簡単で、しかもご飯によく合う。もう一つ、同じく豚バラ薄切りと、ピーマン、椎茸、トマトを炒めた料理も簡単でおいしい。その材料もとりあえず買っておこうか。さらに、

「父さん、チーズが好きだからなあ」

「海老とグリンピースの中華炒めも作ろうか」

豊富に並ぶ食料品を見ていると、つい、何でも作ってみたくなる。しかし、多すぎるかな。いや、念のため。籠に入れたり、思い直しては籠から出したり、迷い迷って結局、とても二人分とは思えぬ大量の食料品を買い込んで、家路につこうとした。

「まあ、今夜、食べ切れなくても、作り置いておけば、父さんも便利だろう」

両手に重いレジ袋をぶら下げて、ふとパン屋の前で立ち止まり、そうだ、朝食用のパンがなかったかもしれないと気づく。

「もしもし、父さん？　パンも買って帰ろうか？」

この電話がいけなかった。

「ああ、クロワッサンが欲しい。それと、今夜は駅前の中華料理屋さんのトンポウロウが食べたい。ついでに小籠包（ショウロンポウ）も買ってきてくれ。持ち帰りができるはずだから」

父の胃袋はすっかりトンポウロウ受け入れ態勢万全の様子である。こんなことなら先に問い合わせておけばよかった。

家に帰ってレジ袋から食料品を出す。トンポウロウと小籠包がメインとなれば、ニラ豚はいらないだろう。ピーマン、椎茸、トマト、豚バラ肉の中華炒めもキャンセルか。肉だらけになっちゃうもんね。

「海老とグリンピースの炒め物は、どう？」

さりげなく父に尋ねると、

「今夜はいらん」

あ、そうですか。では、豆腐はどうしよう。湯豆腐、冷や奴……。皮蛋（ピータン）豆腐を作る用意はあるけれど、

「それでじゅうぶん、じゅうぶん」

じゃ、作ります。あとはオクラを買ったので、野菜が不足しているから、オクラの酢の物でも作るかな。

「チーズを買ってきたけれど」

「あ、冷蔵庫にヤギのチーズが入っている。そっちがいい」

あ、そうですか。

大幅に計画が狂った私は、なぜか急にオムレツが食べたくなった。ええい、自分のために作っちゃうぞ。皮蛋と、卵料理としては重なるが、ま、いっか。

こうして食卓に、メインのトンポウロウ、蒸し直した小籠包、皮蛋豆腐、トマトと香菜入りオムレツ、オクラの酢の物と、炊きたてご飯を並べ、チーズを切って、父と二人、ビールで、「カンパーイ」。

父はまず、震える手で小籠包をつまみ上げ、一口でぺろりである。続いてトンポウロウを口に運ぶ。なかなか皮蛋豆腐に手が伸びない。

「こちらも、どう……ですか」

さりげなく勧めて味の感想を求めると、

「なんだか水っぽい」

豆腐の水が出てしまったのか。父の好きな香菜、生姜、長ネギを加え、なかなか複雑な味に作り上げたつもりだったが、さほど褒めてもらえなかった。続いて父の箸がオクラの中鉢に伸びる。

「これは旨いねえ」

あら、意外。まずはホッとしたけれど、オクラはその夜の料理のうちでもっとも手の込んでいない一品である。水洗いをし、端から薄い小口切りにしてボウルに入れ、そこへ醤油、酢、化学調味料を少し入れて、納豆のように混ぜ込んだだけのものだ。

続いて父の箸は、私用に焼いたトマトオムレツに向かう。すると、

「このオムレツは旨い。これは旨いね」

あら、そうですか。それはどうも。

かくして大量に買った食料品のほとんどは日の目を見ることなく、ほんのおまけのつもりで作ったオクラとオムレツが、意外な高得点をつけた。

だから献立は難しい。

●十品目トライ●

母が心臓の手術をした。無事に手術は終わって退院したものの、今後は食生活に気をつけてくださいとお医者様に申し渡される。以前に同じ病院で父と兄も手術や検査を受けた

ことがあり、それらのデータをご存じのお医者様いわく、

「どうも阿川家の皆さんは、総じて悪玉コレステロールが高い傾向にありますね」

ぎくり。実は私も数ヶ月前に病院で検査を受けたとき、宣告されたのである。

「動脈硬化がいくつか見られます」

動脈硬化とは、動脈の中に脂や石灰などがたまり、それが内壁にこびりついて血流を悪くしている状態のことらしい。血管が細くなる程度はまだいいが、完全に血管が詰まってしまったら、致命的である。母のケースはまさにそういうことだったようだ。

「今度から、あんまり脂っこいものや味の濃いものは食べちゃいけないんだってよ」

母にそう話すと、

「あら、そうなの？　あたしね……」

何を言い出すかと思いきや、

「新しいバターを箱から出すとき、いつもひとかじりする癖があるの。ああいうことは、やっちゃいけないのね」

そんなことしてたのか！　知らなかった。身長百五十センチ弱、体重も四十三キロぐらいの小柄な母の体型を見るかぎり、さほど栄養過多とは思えなかったが、思えばバターや油類はふんだんに料理に取り入れていた。

「駄目だよ、そんなことしちゃ」

母親を叱りつける娘も何を隠そう、昔からバターが好物である。バターをたっぷりパンにつけたり、茹でたトウモロコシに塗ったりするのはこよなく好きだ。中学生の頃は、どこかの雑誌で見た「バター茶漬け」に凝って、夜食によく作ったものだ。

アツアツの白いご飯の上にバターを一かけ載せて、パセリのみじん切りと塩、胡椒、醤油をちょろちょろ。その上に熱いお茶を注いでしばらく蓋をする。

「あれ、おいしかったねえ」

「あんなこと、もうしてはいけないんだねえ」

母とバター昔話に花が咲く。あの頃は、バターが血管を詰まらせるなんて、考えてもいなかった。

退院直前、栄養士の先生に講義を受け、いろいろ教えていただいた。親子ともども、カロリーを気にしながら食事をしたことはほとんどない。

「一日に摂っていい塩分は六グラムです」

「たった六グラム!?」

「醤油のほうが量に対する塩分はきついですから、気をつけてください」

「あら、そうなんですか」

「チーズも塩分が高いです」

「チーズも控えなきゃいけないのかあ……」

しかも母の場合、塩分と脂肪分は控えなければいけないものの、全体のカロリーは不足気味だと注意される。

「もっとたくさん食べてくださいね」

はて、どうすればいいのだろう。

そのときハタと思い出した。以前、NHKの「ためしてガッテン」で『10食品群シート』というものが紹介された。肉、魚、卵、乳製品、大豆類、海藻、いも、果物、油脂類、緑黄色野菜。この十種類の食品を必ず入れる。量は問わないが、種類を欠かさないようにする。「量は問わない」というところで、「大丈夫なの？」という疑問が湧くが、その考案者の意見によると、「十種類の品目を摂ろうと思えば一品目はおのずと少量になる」という理屈だ。なるほどね。この方法を取り入れたどこかの村の高齢の皆さんがすっかり健康になったという実績もあるらしく、いたく感心したのだが、久しく忘れていた。

「そうだ、これを母に勧めてみよう」

インターネットに載っていたその『10食品群シート』をプリントアウトして、さっそく母に手渡す。

「これね、せめて晩ご飯のときだけでも試してみて。一日一食、十品目をちゃんと摂れたら十点。十日続けて百点。百点満点を目指そうね」

そう言い置いて、親の家をあとにしたが、その後、どうも実践している気配がない。

何より不安なのは、この塩分脂分控えめ食事について、父が抵抗していることだ。「なるべく油を使わないで、味の薄いものを食べるようにしましょう」と提案したら、だだっ子のように首を横に振り、「いやだ……」。

「九十歳のこの歳まで食べ続けてきたんだ。今頃、そんな不味いものは食いたくない」

まあ、父の言い分ももっともではある。高齢者の食事制限は容易ではない。

さて、ことのついでに私も『10食品群シート』を実践してみることにした。すると面白いことがわかってきた。開始してまだ四日目だが、どうも私の食生活には、魚と海藻が欠如しがちなのである。つい肉料理、しかも油を使った調理法に傾いてしまう。無意識に献立を決めるのと、十品目を意識して作るのとでは、ずいぶん差が出ることを発見した。ちなみに今夜の献立は、湯豆腐、ブロッコリーのサラダ、ワカメの煮浸し、ハムと玉子の炒飯、焼き餃子、もずく酢、梨とキムチのサラダ、デザートにヨーグルト。魚といもが欠けて、八点でした。

● 混沌の秘境 ●

このところ、両親の住む家で料理を作る機会が増えた。高齢となり、父母だけの生活が危ぶまれてきた。加えて母が心臓手術をしたのち、塩分やコレステロールを控える必要が生じたので、ときどき訪問してチェックをしなければ心配だからだ。

料理を作るついでに、冷蔵庫の一斉捜査をしようと思い立つ。母は最近、冷蔵庫に何を入れたか、すぐ忘れる。背が低いので、上段に保存したものが見えないらしい。見当たらないから放っておく。そのうち、入れたこと自体を忘れる。そして冷蔵庫は秘境となる。

「やめて。自分でやるから……」

冷蔵庫の扉を開けて強制捜索に乗り出した娘の後ろで母が悲鳴を上げる。が、私は引き下がらない。

「腐っているものがたくさん入ってるんだから。ほら、このスダチ、かちんかちんだよ。あ、この瓶詰めの鮭、カビだらけ。おお、この胡瓜も完璧に腐ってる」

続いて冷凍庫の抽斗(ひきだし)をあける。

「これ、なに？　こんな得体の知れないもの、ぜったい食べることないから、捨てようね」

情け容赦もなく、どんどん外に放り出す。

「やめてちょうだい！　お願い！」

「だめだめ。どんどん捨てます！」

まるで自分が無慈悲なマルサの女にでもなった気分である。まもなく母は情けなさそうに肩を落とし、私の顔を覗いた。

「アンタの冷蔵庫は、どうなってるの？」

ギク。痛いところを突かれた。

「ウチ？　ウチはもっと、ひどい」

娘が告白したとたん、

「ほらね」

我が意を得たりとばかりに母はケタケタ笑い出した。記憶力は衰えているが、案外、鋭い母である。

自宅に戻り、自分の冷蔵庫を開けて、改めて溜め息をつく。他人の冷蔵庫には冷徹になれるのに、どうして自分の冷蔵庫をスッキリさせることができないのだろうか。

冷蔵庫はハンドバッグと似ていると思う。いつのまにか不要なものでいっぱいになっている。財布、手帳、眼鏡、手鏡、ハンカチ、ハンドタオル、扇子、ティッシュ、名刺……。加えて、未整理の人様の名刺の束、期限切れのゴルフ場割引券、なんだかわからないポイントカード、鍵を紛失しないためのフックつきキーホルダー。眼鏡ふきがなぜか三枚、くしゃくしゃによれたメモ用紙、使用済みの歯ブラシ、綿棒、ボールペン五本……。

「なんでこんなにバッグが重いの？」

母は私のハンドバッグを持ち上げるたびに同じ台詞を吐く。が、そう言う母は、出かけるとき、小さなバッグと大きめの手提げを常に手にしている。

「なんでいつも二つ持っていかなきゃいけないの？」

私は母に再三、詰問する。

「だって、どこで何が必要になるかわからないもの」

ハンドバッグを制せざる者は、冷蔵庫を制するにあらず。と、これは私が考案した格言。で、私の冷蔵庫のなかは今、どういうことになっているかというと、説明するのもはばかられる状態だ。たとえば、晩秋にいただいた高級柿をなんとかしようと、だいぶ以前から野菜室の上段の、すぐ目につくところに置いてあるのだが、なかなか手が伸びない。

なぜ手が伸びないかというと、その柿どもは、もはや包丁が入らないほどに完熟しているからだ。ブニョブニョゆえ、柿の上には何も置けない。よって場所を取る。思い切って捨てようか。いや、それはもったいない。だって、あんなにおいしかったのだもの。

その柿は、当たり前のことながら、届いた当初はかたかった。そもそも私はかたい柿が好きである。クシュッと口のなかで、かすかな渋みと甘みとともに気持よく割れるような柿が好きである。しかし、時は過ぎゆく。日に日に熟す。

かつて住んでいたマンションのご近所に「ウチの主人はよく熟した柿が大好きなの」という友人がいて、到来物の柿がブニョブニョになると、喜んで引き取ってくれたものである。が、私が居を移して以来、そのご夫婦のところに容易に届けられなくなった。

「よし、柿なますを作ってみるか」

ちょうど隣に大根が転がっていた。こちらもややしおれかけているけれど、なますを作るには好都合だ。大根を短冊大に切り、塩で軽くもんでから、ブニョブニョ柿の実の部分と和（あ）え、柚子の皮の細切りを加えて一品に仕立てた。

「ほほう、なかなかお洒落な味ね」

一口食べて感心し、二口食べて満足し、そしてまもなく、飽きた。柿なますを大量にはいただけない。

残るジュクジュク柿を見つめ続けて一週間、私は再び意を決した。

「よし、やってみよう！」

ジュクジュクの皮を手でむいて種を除き、フードプロセッサーに入れる。一つ分、二つ分、三つ分。ギュイーン！

できた。柿のジュースである。冷蔵庫で冷やしてから飲む。なかなかいける。でもそれはつまり、ジュクジュク柿そのものの味であった。私は三回目の決意をした。

「今日から、ジュクジュク柿を好きになることに決めた」

そして冷蔵庫は、相変わらず混沌の秘境である。

●ひさしブリ●

父が入院中、ひとり家に残った母と夕飯を食べる約束をした。が、日中の仕事が長引いて、家にたどり着いたときはすでに七時半を回っていた。

「ごめんごめん。遅くなって」

玄関を入ったとたん、いい匂いが鼻をくすぐった。香ばしい香りが家中に充満している。

「あっ」

母がゼンマイ仕掛けの猿人形のようにパチンと手を叩き、

「忘れてた。ぶり」

たちまちきびすを返して台所へ飛んでいった。

この頃、母はすぐに忘れる。人のことを言える立場にはないけれど、母の物忘れは私より少し多めだ。

「あー、焦げちゃった」

「大丈夫、大丈夫。おいしそうじゃない」

膝が痛いにもかかわらず、八十四歳になる母は娘のためにご飯を炊いて、ぶりの照り焼きを作ってくれたのである。有り難い。急いで手を洗って台所に立ち、自宅から持ってきたトマトでサラダを作り、母の好物であるいんげん豆を茹で、副食として添える。

「では、いただきまーす」

小さなグラスに赤ワインを少しずつ。母と二人、ささやかな乾杯を済ませると、さて、ぶりだ、ぶりだ。

「うーん、おいしいねえ」

炊きたてご飯とぶりの照り焼き。簡単な野菜料理とおつけもの。それだけの食卓だが、なんと心も胃袋も落ち着くことだろう。

思えば長らくぶりの照り焼きを食べていなかった。一人暮らしを始めて以来、自宅でご飯を作るとなると、つい手早くできる肉料理に心が傾いて、なかなか魚料理に手が伸びない。でも、考えてみればぶりの照り焼きなんて、切り身をみりんと醬油などにしばらく浸けて焼けばいいだけのことだ。よし、今度、ウチでも作ってみよう。

そう思っていたら、偶然にもテレビの番組で、「おいしいぶりの照り焼きの作り方」を紹介していた。

「まずぶりに塩を振りかけて、粉を薄くつけ、少量の油をひいたフライパンで両面がキツネ色になるまで焼きます」

えっ、粉をつけてフライパンで焼くんだ……。

「焼いている間にタレを作ります。醬油、みりん、酒、砂糖。ぶりにしっかり焼き色がついたらそこへタレを加え、スプーンでぶりの表面に何度もかけながら、タレが煮詰まるまで焼き続けます」

ははあ、タレをつけながら焼くわけね。

「あとは大根おろしを添えて、出来上がり」

なるほど。これはおいしそう。

魚料理を敬遠するのは、魚焼き網を洗うのが面倒だと思うせいもある。面倒だと思っているからなおさらなのか、食後すべての洗い物を済ませ、さて、これでおしまいと安堵したとたん、「あ、魚焼き網が残っていた」と、そのあたりでようやく思い出す。その夜のうちに思い出すのはまだいいほうで、洗い忘れて数日後、部屋じゅうが生臭いことに気づき、鼻をぴくぴく動かしながら探索するうち、

「あらまあ。洗うのを忘れていたわい」

下に張った水はすっかり蒸発し、焦げた跡だけが茶色く残る網と受け皿をスポンジでこすりながら、なんとも情けない気持になる。母の物忘れを非難できない。

でも今回は、発奮した。なにしろ魚焼き網を洗う必要がないのだ。フライパンで、おいしいぶりの照り焼きを食べられる。

さっそく近所のスーパーへ行き、魚売り場を覗いたら、なぜかぶりだけ見当たらない。おかしいなあ。旬の魚なのに。どうやら売り切れたあとらしい。私と同様、「今夜はぶり

の照り焼きを作ろう」と思い立つ人が多いのか。テレビの影響かもしれない。食べたい！　と思ったその日に食べられないのは、寂しいものである。諦めて、かわりにお刺身の三点盛りを買って帰る。

炊きたてのご飯にお刺身。これも私の好きな献立だ。しかし、胃袋は小さな声で、「ぶりー」と泣いている。わかったわかった。次回は必ずぶりの照り焼きにするからね。

そして数日後、再びスーパーを覗いたら、ありましたよ、ぶりの切り身が二枚で五百六十円。ウキウキしながら籠に入れ、大根も一本買い込んで、家に帰ってさっそく下ごしらえに取りかかる。

テレビのレシピ通り（だいたいね）にぶりを焼き、じわじわ煮詰まっていくタレを、まるで赤子を風呂桶につけ、そのぷくぷくとしたお腹や腕にお湯をかけるがごとき愛をもって、「おいしくなーれ、おいしくなーれ」と幾度もぶりにかけ回し、ようやくみごとに焼き上がった照り焼きを皿に盛る。すった大根おろしを横に添える。そして、炊きたてご飯とともに口に入れた……。

おいしくなかったわけではない。なるほどプロっぽい味に仕上がった。しかし、何かが違う。母の作ったぶりの照り焼きと、どこかが違う。なんでしょう、この違い。

おそらく母が作る照り焼きは、さほど凝ったことをせず、ただ、生のぶりの切り身を醤油と酒とみりんに浸してしばらく置き、そして魚焼き網で焼くだけのことだと思われる。

今度、母に聞いてみよう。

「ぶりの照り焼きの作り方、教えて」

老いても母に従え。魚焼き網を洗うなんて、どうってことないさ。

●若き日の栗羊羹●

信州の上田へ仕事で行った。

東京駅から長野新幹線に乗り、「まもなく軽井沢〜」というアナウンスに目を覚ますと、あたりはすっかり雪景色。以後、佐久平を経て上田駅に着くまで、私は車窓におでこをくっつけて、ずっと景色を堪能した。なんと心洗われる雪山の美しさかな。冬の信州を訪れるのは、思えばずいぶん久しぶりのことである。

「上田へは来たことありますか?」

到着早々、地元の人に聞かれ、上田駅の周辺を見渡して思い出した。そうだそうだ、若い頃に何度もこの駅に来たことがある。当時はまだ新幹線が開通していなかったので、駅舎や周辺建物の様子は多少、変わったようだが、駅を降りた景色の広がり具合には懐かしいものを感じる。

三十年以上昔、友達と連れ立って駅前からタクシーに乗り、冬はちょくちょく峰の原高原へスキーをしに来たものだ。ついでに申し上げれば夏は同じ高原へテニス合宿をしに来たこともある。

当時の若者はもっぱらペンションを利用した。ホテルよりずっと安いし、スキー宿よりモダンである。どのペンションもたいがい家族が経営し、お父さんとお母さんがいて、ときどき子どもたちが食事運びや部屋片付けの手伝いをしている。そんなアットホームな雰囲気が心地よく、自分がこのペンション家族の親戚になったような気分になり、ときに他の宿泊客と一緒に台所で皿洗いの手伝いをしたり、夜は宿の主人と暖炉の前で酒を酌み交わしたりもした。青春だったなあ。

郷愁はさておいて、今回は上田駅から車で二十分足らずの山の中腹にある「信濃デッサン館」という小さな美術館にて、トークショーに参加することとなっていた。美術館に作品が展示されている夭折の画家、村山槐多を偲ぶ催しである。実はデッサン館のそばにもう一つ、戦没画学生の遺作を展示する「無言館」という美術館もある。戦争さえなければ、この十九や二十歳そこそこの若者たちは、どれほど魅力的な芸術家となったであろうか。戦争という怪物は、どれほど多くの才能をふるさとや家族から奪い取ってしまったのであろう。出征直前に大好きな祖母の肖像画を描き上げて、二度と帰らぬ人となった蜂谷清、千葉県生まれ、享年二十二の遺作「祖母の像」の前に立ち、私は胸が締めつけられた。祖母のなつさんは、どんな気持で孫のモデルを務めたのだろうか。私が峰の原高原でスキーにうつつを抜かし、キャッキャラはしゃいでいたと同じ年頃に、蜂谷清は国のために自らの命と才能を捧げたのである。

トークショーを終えて、再び上田駅に戻ってきたとき、ふと昔の記憶が蘇った。まだ少し時間がある。私は急いで駅の売店に駆け込んで、探した。

栗、栗、栗羊羹、あ、あった。

一つ取り上げようとして、隣の棚を見ると、異なる銘柄の栗羊羹があと二つある。はて、どれがおいしいのかしら。迷い迷って一つを選び、レジのところへ行ってから、念のため、尋ねてみた。

「あのー、栗羊羹は、どの銘柄がいちばんおいしいんでしょう?」

売店のおねえさんが一瞬、困惑の表情を浮かべた。それはそうだろう。どれと自分が決めてしまっては売り上げに偏りが出てしまう。

「どれも、おいしいですよ」

そんな答えが返ってくると予測したその直後、

「私たちは、S堂さんのが好きですけどね。餡が、微妙に違うんです」

私は即座に、はい、わかりましたと、差し出した羊羹を回収し、再び棚に舞い戻り、手にある一本を棚に戻し、店員嬢の教えてくれた銘柄の一本を取り上げる。そりゃもう、地元の人の意見がいちばんだ。迷ったときは地元の人に聞くに限る。

若き時代、駅の売店にはこれほど多くの銘柄は並んでいなかったと思う。迷うまでもなく、いつも一つを取り上げて、レジでお金を払ったような気がする。しかしこの地方名物菓子競争の激しい時代となった今、競合相手は次々に現れるものなのか。

思い切って店員さんに聞いてよかった。ホクホクした気持で自宅に戻り、翌朝、我が秘書アヤヤに「無言館」の感動と、栗羊羹選考の経緯を述べ、さっそくティータイムに入る。

「どう?」

「あら、ホント」

「うーん、なるほど」

二人して、羊羹の切れ端を手に、宙をあおぐ。口の中で味わう。たしかに、栗の香りが餡の甘さとともにほわっと広がった。

「おいしいですねえ」

「うんうん、おいしいね」

そう言い合いつつ、私は心のなかで、言葉とは異なる感想を抱く。

記憶の中の栗羊羹と、ちょっと違うのね……。

若き日に、上田駅で買い求め、持ち帰って口に入れた栗羊羹は、凝縮した黒餡の間に、大振りの黄色い栗の実がどかんと挟まれていた。

栗の塊が懐かしい。餡を噛り、その隙間でホクッとした栗が割れ、ムニョッとした餡とホクホクの栗が同時に口のなかで混ざり合っていく、あの感触が、懐かしい。

若き日に覚えた栗羊羹の感動を、この歳になって再び思い出すことのできる幸せ。あの画学生たちは、生きていれば我が父とほぼ同年代である。

小腹の幸

この秋から、ひょんな経緯により生まれて初めてテレビの連続ドラマ『陸王』に演技者として出演することになった。直木賞作家、池井戸潤原作のドラマである。池井戸ドラマは過去に何度もヒットを飛ばしている。だから制作側の意気込みも尋常ではない。そんな期待度の高い連ドラに、演技のシロウトが紛れ込んでよいものか……。と、そういう迷いがなかったわけではないのだが、持って生まれた覗きたい癖と、「是非是非！」と言ってくださるプロデューサーのお世辞にのぼせ上がり、つい引き受けてしまった次第である。

しかし、いざ撮影が開始されてみると、想像をはるかに超えたハードな撮影現場が待っていた。この種の現場に慣れていないせいもあるけれど、今、どういう状況にあり、いつどこからカメラが自分を狙っているのか、どちらに身体を動かしていいのか悪いのか。「オッケー！」という高らかな声が響き渡ったら、そのシーンは終了かと思いきや、そうならないのはどうしてか。それは、カメラの位置を変えたり人物のアップを撮ったり、クレーンカメラを設置し直して上方から撮影するからだと、次第に理解するのだが、当初はわけがわからず終始オタオタするばかり。まだリハーサルだと思って気を抜いて、役所広司さんや志賀廣太郎さんの美声に「ひえー、さすが舞台俳優！」なんて酔いしれていると、突然、沈黙。顔を上げれば出演者のみならず監督以下スタッフ全員の顔がこちらを向いている。

「ん？」

「次、あけみさん（私の役名）ですよ！」

監督の厳しい目が光る。

「おっと、こりゃまた失礼」

おちゃらければ許されるという雰囲気ではない。ヤバイ、大変な仕事を引き受けてしまったぞ……。特に初めの頃は、拾われてきた小犬（すみません、老犬でした）のごとくびくびくしていた。

しかし怯えてばかりいられない。そうでなくとも他の役者さんや総勢五十人ほどに及ぶスタッフはそれぞれの持ち場におけるプロばかりだ。異物である私が生半可な態度を取ってこの人たちの足を引っ張ってはなるまい。上等の演技を期待されているとは思えないけれど、それでも私のせいでドラマ全体の空気を一瞬でも壊したら、それこそどう責任を取ればいいのだろう。

びくびくしつつも、場に慣れるに従って状況が見えてくる。今、私は不要だとわかったら、その空き時間を利用して必死に次の台詞を頭にたたき込む。ただ暗記すればいいというものではない。滑舌をなめらかに、語尾をはっきりと、気持を込め、そこに動作も加える。突っ立って台詞を言う場面だけではない。歩きながら、老眼鏡をはずしつつ、あるいは両手を上げ、腰に手を当て、まわりの台詞に気を配り、視線を動かし、あれやこれやと自分なりに工夫しておく。それがダメだったら監督が「そうじゃない、こうしなさい」と指示を出してくれるだろう。

あるときは廊下の片隅で、あるときはセットの裏で、自主練習に精を出す。私だけではない。主演の役所広司さんだって、セットに呼ばれる前はずっと、シロクマのように歩き回りながら、はたまたソファで身体をくねらせつつ、台詞覚えに苦しんでおられるのだ。主役の台詞の分量が半端でないせいもある。役所さんには常に長い台詞がつきまとう。

「あー、台詞さえなかったら、楽しいんだけどなあ」

ある日、役所さんが呟いたその言葉に、私は笑いながら感動した。ベテラン人気役者がこんなに苦しんでいるのだから、めったに長台詞のない私は、その十倍ぐらい気を入れて練習しなければ！　と思っているのだが、役所さんは私と目が合うと、いつもニコニコ笑顔を浮かべておっしゃる。

「アガワさん、なんか今日も楽しそうで、いいですね」

これでも必死なんですぞと、反論するのもはばかられる。

さて、こうして台詞を頭にたたき込むため一日中、うろうろウリウリ歩き回るとどうなるか。かなりの歩数を稼いでいると思われる。その結果、足の腿のあたりが筋肉痛になる。そして、やたらとお腹が空く。

外のロケであろうとスタジオのセットであろうと、撮影現場の片隅には必ず「おやつコーナー」が設置されている。ホットコーヒー、アイスコーヒー、冷たいお茶の入った巨大ポットと並んで、チョコレート、バナナ、のど飴、煎餅、ポテトチップス、クッキー、マフィンなど。立派な駄菓子屋さん並みの品揃えだ。しかもこの駄菓子屋コーナー、日を追うごとに拡張されていく。朝、撮影が始まる前にAD君から発表される。

「本日、〇〇様よりマドレーヌの差し入れを頂戴しました！」

パチパチパチパチパチ。拍手と歓声が起こる。おやつはピリピリとした現場の貴重なオアシスなのである。

差し入れは役者からだけではない。見学に訪れた原作者、取材者、スポンサー関係者などから続々届く。私も何度か持っていった。到来物の焼き菓子セット、山形から届いたシャインマスカット、少々賞味期限の過ぎたチョコレート。「少し賞味期限が過ぎてるけど」と断りつつチョコを差し出すと、役者さんの一人に、「あら、ホントだ。隣とくっついちゃってるわね。でも大丈夫。食べられるわ」と率直な感想をいただいたので、そのチョコレートは誰が差し入れたか知られぬうちに、こっそり「おやつコーナー」に紛れ込ませておいた。

なんとなく台詞が頭に入ったかなと思う頃、うろうろウリウリを中断し、気づくと「おやつコーナー」に足を向けている。まずポットからお茶かコーヒーを紙コップに注ぎ、それを片手に物色する。駄菓子屋の店先を覗き込むように、なんか、ないかなあ。

もともと間食を多くするタチではない。以前にも書いた記憶があるが、我が家には「おやつ」という概念が基本的に存在しなかった。家族揃って甘い物に興味がないというわけではない。むしろ父は好きだったと思う。ただ、父には甘い物を昼食と夕食の間に食べる習慣がなかった。しっかり晩ご飯を済ませ、晩酌の酔いも少なからず回って赤ら顔になってから、必ず母や私に問うたものである。

「おい、なんか甘いものはないか」

それが立派なデザートである必要はなかった。羊羹のひとかけらでも、饅頭一つでも、ときには「もう湿気てますよ」と母が言いながら差し出す缶の片隅に残るカスのようなクッキーでも、勢いよく手を伸ばし、口に運ぶ。

「たしかに湿気てるな」

そう言いながら、「もう一つ」と要求する。

父はときどき思い出したように、「小豆を炊いてほしい」と母にせがむことがあった。

「生涯に一度でいい。甘くてうまーい小豆が食いたい」

私の知る父の生涯だけでも、母の炊いた小豆は何度か食べているはずなのだが、食べたいものを表現するときに、父は頻繁にこの言葉を使った。

「生涯に一度でいいから食いたい」

父の強い要望に従って、母が小豆を炊く。炊いている母のそばに行き、「良い匂いがしてきたな」と言うついでに、父は催促する。

「もっと砂糖を入れてくれ。もっともっと。ケチるな」

そんな様子を横目にし、どれほど甘い小豆ができるのかと私はいつもハラハラするのだが、炊けた小豆を食べるとき、父はさらに恐ろしいことを言う。

当然のことながら、それは晩ご飯の後である。

「小豆はうまく炊けたのか？　食わせてくれよ」

私か母が柔らかく炊き上がった小豆を小鉢に載せて父のもとへ運んでいくと、父は添えられたスプーンで嬉しそうに一口、味わい、そして必ずこう言った。

「砂糖。白砂糖をかけてくれ」

私は驚いて、

「いやいや、もうじゅうぶんに甘いと思いますけどねえ」

この小豆餡のできる工程でどれほど大量の白砂糖を入れたか私は知っている。だからこそ、あえて進言させていただきたい。しかし父は余計なお世話だと言わんばかりの目で私

を睨みつけ、

「いいから、つべこべ言わずに砂糖を持ってこい」

こうして父は、十二分に甘く炊かれた小豆の上に白い砂糖をパラパラまぶし、それをスプーンですくって、満足そうに噛みしめるのだ。

「このジャリジャリが、たまらんね」

これほどの甘党である父に、なぜか「おやつ」を食べたいという興味はなかったと思われる。そしてその父のもとで育った私にも、今に至るまで、おやつへの衝動はめったに起こらない。

自宅で原稿を書いているとき、ふとなにか口に入れたくなることがある。書斎を出て、冷蔵庫の前に立つ。扉を開け、じっと棚を見つめていると、

「なにか召し上がりますか？」

察しのいい秘書アヤヤが飛んできて、私に訊ねる。

「このあいだ、〇〇さんからいただいたマカロンがありますよ。あと、フィナンシェも」

せっかくのオススメではありますが、うーん、そういう気分じゃないのよね。そして私は最終的に、野菜室からキュウリを取り出し、水で洗うと再び冷蔵庫を開けて、小さな瓶を取り出す。このところ凝っている花椒辣醤（ファージャオラージャン）という名の四川調味料である。これをキュウリにつけて齧（かじ）る。コリッ、うん、おいしい。

「ああ、そういうものが食べたかったんですね」

アヤヤにそう言われ、必ずしもそういうわけではないのだが、甘い物で小腹を落ち着かせようという気には、どうもならないのである。

「食後のデザートは召し上がるのに、アガワさんって本当におやつに興味のない人ですね」

太鼓判を押され、つくづく親の遺伝を思う。

さて、ドラマの撮影現場にて、キュウリをコリッと、というわけにもいくまい。

「なんか、食べたいけど」

若手スタッフがきれいに並べてくれた「おやつコーナー」を真剣に物色しながら私は考える。考えた末、一つをつまみ上げる。チョコレートだったり飴だったりピーナッツ菓子だったり。口に入れ、「おいしい！」と思う。思うのは嘘ではない。が、今の私を満たしてくれるのは、これではない。ならば何なのだ。それがわからない……。今度、キュウリと味噌を差し入れしてみようかしら。

素手にぎり

ゴルフに出かけるときはたいがいコンビニで朝ご飯を買う。寝静まる早朝の道路脇にてチロリンチロリンとドアの呼び鈴も高らかに、売り場の奥へ歩み寄り、さておにぎりにしようか、それともサンドイッチにしようか。迷い迷ってどちらかを選ぶ。その日の気分にもよるが、六四の割合でおにぎりを選ぶことが多い。で、具は何にしよう。鮭にしようか、それとも梅か……。明太子、とり五目、ツナマヨ……。ああ、目移り。人生は選択の積み重ねなりと心に唱えつつ、そして結局、選ぶのは梅か鮭となる。たまには他の具にしてみようと思うのに、結局、梅か鮭をつかみ取る。

それにしても今どきのおにぎりはよくできているものだ。海苔のパリパリ感を維持するためのプラスチック包装にしても、種類の豊富さにしても味にしても、企業努力が尽くされている。思えば私が子供だった頃、おにぎりを気軽に、しかもこれほど日常的に外で買うという環境はなかった。

おにぎりそのものの歴史はじゅうぶんに古いと聞く。江戸時代にはすでに旅人の携帯食として、あるいは農作業の合間の弁当として人々に愛されていたようだ。明治になると、旅館が竹の皮に包んだおにぎりを駅弁として売り出したという記録もある。

そういえば中学二年生のときに初めてスキー場へ行き、早朝に旅館の玄関に集合してゲレンデへ出発しようと支度をしていたら、袢纏を着た旅館のおじさんが、参加者の子供たち一人一人に経木に包まれた弁当を配り始めた。おやおや、何だろう。紐を解いてこっそり中を覗くと、驚くほど大きな三角形をしたおにぎりが二つ、その脇にたくわんが二切れ添えられていた。

「それが君たちのお昼ご飯。リュックにしまっておきなさい」

先生の声を耳にしながら、おかずなし？　だいたいデカすぎるよぉと秘かに顔をゆがめたが、とりあえずリュックに押し込む。しかし、そのあとゲレンデで転んだりスキー板が外れたり、なんとかボーゲンができるようになったり手がかじかんだり寒さのせいで目から涙が止まらなくなったりした末に、

「はーい。お昼休み！　ロッジに入ってお弁当を開けなさーい」

身体中にこびりついた雪の粉を叩き落とし、凍えた指先をさすりさすり席に着き、経木を開いておにぎりを頬張ったときのおいしかったこと。母以外の人間が握ったおにぎりを食べるのはそれが初めてだったかもしれない。見慣れぬかたちと大きさに驚いて、とても食べ切れないと思った大型三角おにぎり二つだったのに、ペロリと平らげた覚えがある。

幼い頃のおにぎりの思い出はもう一つ。やはり運動のあとだった。夏、プールへ行って帰宅したら、母がおにぎりをつくって待っていた。体力を存分に消費したあとのおにぎりのおいしさは、何ものにも替えがたい。中の具ははたしてなんだっただろう。定かに思い出せないが、おにぎりを頬張ったその瞬間、心に期したことは覚えている。今後、世の中でいちばん好きな食べものはなんだと問われたら、私は必ずや、「おにぎり」と答えることにしよう。その決意はその後、何度もぐらつきそうになったが、でもあの日に食した母のおにぎりが格別においしかったという記憶だけは、なぜか私の心に刻まれたままである。

母が握るおにぎりは三角形でなく俵のかたちをした小ぶりのものだった。大きすぎもせず小さすぎもせず、どっしりとした重量感はないが、頼りなくもない。かたちそのものがのほほんとした「母」だった。

私が母の真似をして同じ大きさのつもりで握っても、どういうわけか、母と同じかたちには整わない。安定感がなく、均等な大きさに揃わず、そしてなんだかふてぶてしい。おにぎりは、握る者の性格がみごとに表れるものだと、子供心に合点した。

おにぎりは素手で握らないとおいしくない。父はことあるごとにそう口にした。

「手のひらにすり込んだ塩と、手から出るホルモンだか汗だか垢だかわからんが、それらが化学変化を起こしてうまみを出すんだ」

どこで教えられたか知らないが、父はおにぎりをかじるとき、必ずと言っていいほどその話を持ち出した。手から染み出る汗かホルモンか垢か。少々汚い気がしつつも、それはおそらく本当のことだろうと、娘の私は信じ込んだ。

大人になるにつれ、母の握るおにぎりを食べる機会は減り、かわりに自分で握ることが多くなっていった。そしてその割合が増すにつれ、いつのまにか母から踏襲した俵型のおにぎりは、三角形へとかたちを変えた。母に反発したわけではない。ふとした拍子に三角のほうが手のかたちに添って握りやすく思われたからである。三角形に握るたび、私は心の中で、「すみませんね」と母に謝った。娘がおにぎりのかたちを受け継がないことに母ががっかりしそうな気がしたのである。

大学生の頃だったか。料理持ち寄りの小さなパーティが開かれて、私はおにぎりを握って持っていった。大皿におにぎりを並べ、「いかがですか。私が握ったおにぎりです」と参加者の仲間に勧めたら、中の一人がこう言った。

「ごめん。俺、人の握ったおにぎりは食べられないんだ」

他人の握ったおにぎりが食べられない人に出会ったのはそのときが初めてだった。腹が立つというより、そんな神経質な人がこの世に存在すること自体が珍しく思われて驚いた。しかしときが経ち、そういう人は珍しくもなんともなくなった。今、どこかへおにぎりを握って持っていこうと思い立つたび、同時に「やっぱりやめた」と気を変える。他人の握ったおにぎりを苦手とする人がいるかもしれない。かえって嫌がられる可能性が高い。そう思うと握る意欲が萎えてしまう。

「ラップで握ればいいんですよ。そのほうが、米粒が手につかなくてラクに握れるし」

なるほどそういう手があるか。しかしそれもどうかしら。おにぎりは、塩と手から出る汗かホルモンか垢かが化学変化を起こしてうまみを出す。父の教えがどうしても蘇る。

ＮＨＫの朝の番組にゲストで呼ばれたとき、楽屋に入ると、化粧台の上に小さな包みを発見した。包みの上にメモが添えられている。

「朝ご飯代わりにどうぞ。本日はよろしくお願いします。有働由美子」

なんたる心遣い。司会者の有働さんからのプレゼントであった。包みを開けると中からラップに包まれた塩にぎりが一つ現れた。毎日の番組である。有働さんはおそらく夜中の二時頃に起床して、生放送の準備や勉強やお化粧に加え、緊張とストレスもたっぷり抱えておられるだろうに、こうして家を出る前、毎日ゲストのために塩にぎりをつくるのか。なんて立派な人でしょう。感動しながらラップをほどき、かぶりついたら、そのおいしさに驚愕した。

実のところ、それまで私自身は具のなにもない塩にぎりというものに馴染みがなかった。具がないのは物足りない。梅でも佃煮でもいいから何か入れておくのがおにぎりだろうと思い込んでいたのだが、こうして塩味だけのおにぎりを、眠気の残る胃袋に投入してみれば、お米のうまみに目が覚めた。

よし、私も有働さんの真似をして、塩にぎりをつくってみよう。思い立った最初の日、仕事場に持ち込もうと冷凍ご飯を電子レンジに入れ、ご飯が温まる間、ラップを広げてその上に塩をパラパラと振りかけ、解凍した熱々ご飯を握りこぶし大に置いて包み、両手を使って握り始めたが、どうも塩が偏る。ラップの上で塩が滑って均等に散らばってくれない。包み方が下手なのか。ためしに一つ、できあがった塩にぎりにかぶりついてみたところ、案の定、塩気が足りない。ラップをほどいて塩を追加する。握る。かじる。まだ足りない。また足す。塩にぎりって、こんなに塩の量が要るものかしら。

あれこれ格闘した末に、できあがった塩にぎりを仕事場にて仲間の前に差し出すと、「おいしい！」と一様に褒めてくれはしたものの、私は不満。どこかが違う。有働さんの塩にぎりほどの感激がない。有働さんはどうやってあんなにおいしい塩にぎりをつくったのだろう。

そして二回目。ラップに包んで握ることを放棄した。どうせ最後にラップで包むのだ。自ら申告しないかぎりわかるまい。ついでに冷凍ご飯ではなく、炊きたてご飯を使うことにする。

手を冷水でよく洗い、少量の水分を残したまま、塩を手の上にのせる。まんべんなくすり込む。そして炊きたてのご飯を杓文字ですくい、アツ、アチチ、アッツアッツと声を発しながら、両手を上下に振り振り、少しずつ成形していく。皿に乗せ、握りそこねた米粒を一粒ずつつまんで口に入れ、見ると手のひらは真っ赤になっている。おお、熱かった。赤くなった手を再び少量の水滴で湿らせ、塩を広げ、そしてご飯を、アツ、アチチ、アッツアッツと上下に振り振り、成形する。しだいに炊きたてご飯が塩と合体し、ムッチャムッチャと音を立て、キラキラ光り出す。小さな三角形の塩にぎりが二つ、皿に並んだ。

そこでふと思いついた。そうだ、フランスみやげに買ってきたトリュフ塩で握ってみよう。三つ目と四つ目はトリュフの香りのする塩にぎり。ふむふむ、これはいい。

海苔すら巻かない小ぶりの白い三角形おにぎりが四つ、風呂からあがったばかりの幼子のように裸姿で皿に並ぶ。

「おにぎり、食べる？」

家人に勧めると、

「ん？　具はなに？」

そう来ると思った。テキは鮭のにぎりが好物である。

「なにも入ってない。塩にぎり」

「あ、そう」

かすかに声のトーンを落としつつも一つ、つまみ上げ、口に運ぶ。

「ん？　なんか香りがするね」

私はニンマリ笑って答える。

「それ、トリュフとホルモンと汗と垢の匂い」

「え?」と一瞬の躊躇ののち、「うん、おいしいよ」

おにぎりはやっぱり素手で握るにかぎる。

かつぶしご飯

前回、おにぎりについて書いたけれど、今回も引き続きご飯ものの話にてご容赦。幼馴染みの内藤啓子(けいこ)さんが父上、阪田寛夫氏の思い出を一冊にまとめ、先日、上梓された。『枕詞はサッちゃん』(新潮社刊)というタイトルのその著書を読み、思い出したことがある。

まずは阪田寛夫一家と我が家の関係について少し触れておかなければなるまい。

昭和三十年代の初め、阪田家と我が家は中野区鷺宮にある公団住宅の同じ敷地内に住んでいた。阪田家には娘が二人、私の一つ歳上である啓ちゃん(内藤啓子さん)と、私より三つ歳下の次女、なつめちゃん(宝塚のトップスターになった大浦みずきさん)がいた。団地の子供たちはみな仲が良く、毎日のように集まっては日が暮れるまで団地の敷地内で缶蹴りやゴム段などをして遊び呆けていたけれど、ことに私は阪田家の姉妹と仲良しで、始終、阪田家へ入り浸った。私に女きょうだいがいなかったせいもある。加えて阪田おじちゃん(阪田寛夫氏)が極めて穏やかな性格で、どうやら我が父同様、原稿用紙に向かって仕事をする商売とお見受けするのだが、父のように子供たちを「うるさい!」と怒鳴り散らすことのないお父さんだった。阪田家では安心して遊べる。びくびくする必要がない。阪田おばちゃんは子供たちのためにケーキを焼いてくれたり遊び相手になってくれたりするし、一方の阪田おじちゃんは、ずっと二階の書斎にこもったきり、めったなことでは現れない。こんな居心地のいいところがあるだろうか。

一つだけ難を言えば、妹のなっちゅんが泣き虫だったことである。子供にとって三、四つの年齢差は大きい。私と啓ちゃんが遊んでいると、すぐになっちゅんが仲間に入ってくるのだが、私たちと同じように遊ぶ力はなく、どうしてもおミソになる。そのうち何かの拍子に……たとえばゲームに負けたり、遊び方を間違えて注意されたりすると、「ギャー！」と泣いて暴れ出す。たちまち啓ちゃんが妹を叱りつける。なっちゅんがもっと泣く。その激しいやりとりを見守るうち、なんともいえず悲しい気持になり、今度は私が泣き出す。すると必ず阪田おばちゃんが現れて、

「二人ともケンカやめなさい！　ほら、またサワコちゃん、泣かしてしもうたやないか！」

そうそう、阪田家の魅力にはもう一つ、関西弁があった。当時としては珍しい生クリームのいちごショートケーキやアイスクリーム製造器、阪田おばちゃんが着ている白いブラウスやサーキュラースカート。クリスチャンだった阪田家には、まるでアメリカのホームドラマに出てくるようなアメリカ文化が溢れていたが、家族が交わす言葉は、面白みの漂

うおっとりとした関西弁だった。この関西弁とアメリカンムードの入り交じった不思議な文化空間に私は憧れた。

そんな阪田家の食卓で、お菓子をいただいていたときだったろうか。大柄で髪の毛がふさふさとした阪田おじちゃんが二階からふいに降りてきて、「サワコちゃんねえ」とおっとり声をかけていらした。

「お宅のお母さんがよく作る『かつお節弁当』の作り方、サワコちゃん、わかる？」

「うん、わかるよ」

返答すると、

「教えてくれない？」

当時、阪田おじちゃんは、我々団地の子供たちにとってＮＨＫの「みんなのうた」の作詞家として尊敬されていた。「おとなマーチ」や「おなかのへるうた」でヒットを飛ばしている。もしかして今度は、ウチの「かつお節弁当」の詩を作るつもりだな。私はピンときた。そして得意になって語り出した。

「まずお弁当箱にご飯を薄く敷いてね。その上に、削ったかつお節をお醤油で和（あ）えたのを薄く広げるの。その上に海苔をかぶせて、その上にまたご飯を薄く敷いて、その上にかつお節を薄く広げて、また海苔をかぶせて。二段でもいいし、三段にすることもある」

阪田おじちゃんは私の拙い説明をちゃちゃっとノートに書き留めて、「ありがとう」と言うと、また二階へ姿を消した。

　私は期待した。いつか「かつお節弁当」の歌が「みんなのうた」に登場し、有名になった暁は、「この歌は阿川佐和子さんの話をもとに作られました」って紹介されるのだろうか。しばらく妄想してニンマリしていたが、結局、そういうことにはならなかった。かわりに、合唱組曲『遠足』の中の「おべんとう」という歌（作曲は山本直純）として、全国の小学校で歌われることとなった。ヒットはしなかったが日の目は見た。

　我が家のかつお節弁当のことをなぜ阪田おじちゃんがご存じだったのか。わからないが、母の作るかつお節弁当を父がことのほか好物としていたのは事実である。朝、私たちきょうだいが学校へ出かけようとアタフタしている時間に、父が書斎から姿を現す。たいがい父は夜中から明け方にかけて起きていて、原稿を書いているのか思案しているのかサボっているのか知らないが、とにかくずっと起きていたのだからお腹が空くのだろう。台所を覗き、母が子供のためにお弁当を作っているのを見つけるや、

「ああ、俺も生涯に一度、うまい弁当が食いたいものだ。俺にも作ってもらえないものかねえ」

　と母に嫌味を言う。

「わかりましたけど、子供たちが出かけたあとに作りますから、少し待ってください」

　そう答える母に背を向けて、

「俺はかつお節弁当がいい。俺が削るから、かつお節を出してくれ。おい、削り器はどこにしまった？」

「今、出しますから」

そんな両親の会話を聞きながら子供たちは玄関を出てしまうので、その後、どういう展開になったのかはわからないが、父が「生涯に一度、俺も弁当というものを食ってみたい」と言うのを何度耳にしたか知れない。

父は外国旅行に出かけるときも、母に「かつお節弁当」を所望した。

「飛行機で機内食が出るでしょうに」

母が言うと決まって父は、

「機内食なんか食いたくない。俺がかつお節弁当を食っていると、スチュワーデスがみんな羨ましそうな目で通り過ぎるぞ。『おいしそうですねえ』って。飛行機の中で食うかつお節弁当は、また格別に旨いんだ」

こうして母は、父の荷造りだけでも大変なのにいつも機内食代わりのかつお節弁当を作らされるはめになる。

子供用とは違い、父のかつお節弁当には必ずわさびが入っていた。炊きたてのご飯を薄く敷き、その上に擦った生わさびを散らす。それから醤油とからめた削り立てのかつお節を広げ、上から海苔で蓋をする。たいがいは二段重ねだが、時間がないときは一段で済ませるときもあった。

おかずもたいがい決まっていた。牛肉の佃煮とピーマンの油炒めと玉子焼き。玉子焼きは必ずしもだし巻きである必要はないが、ほどほどに甘い味に仕上げる。牛肉の佃煮は、切り落としのような安価な牛肉の薄切りを、最初に酒と砂糖と一緒に鍋の中で火を通し、しばしのち、千切りにした生姜と醤油をたっぷり入れてしばらく煮込む。といっても真っ黒になるほど煮込まず、すき焼き程度の肉の柔らかさを残す佃煮が、父の好みだったと記憶する。

そしてピーマンの油炒めは、ピーマンを一センチ弱ほどの幅に切り、胡麻油でよく炒めたあと、醤油と七味唐辛子で味付けする。ピーマンには砂糖を入れないかわりに七味唐辛子のピリッとした味が利いている。

いつから母の弁当の定めのおかずとなったのか知らないが、母の作る弁当のおかずといえば、私が幼い頃からこの三点だった。

父が九十歳を過ぎ、老人病院に入院して以降、かつお節弁当を作るのは、もっぱら私の仕事になった。父が入院していた病院では料理の持ち込みが可能であった。昔ほど量を食べられなくなっても父の食べものに対する執着は衰えず、

「他にはなにもいらんから、かつお節弁当だけ作って持って来てくれ」

入院当初、いつも父に求められ、週に一度ぐらいのペースとはいえ、何度も作って持っ

ていったものだ。ただ、忙しかったりすると、さほど丁寧に作る時間がない。かつお節はパックを、わさびは市販のチューブ式のものを使ってごまかした。できあがったかつお節弁当を父の元に届け、差し出すと、驚いたことに父は敏感に察知するのである。

「おい、このかつお節はなにを使った？」

「えーと、パックのものですけどね」

「どうりで不味いと思った。上等のかつお節を使ってもらいたいものだねえ」

苦笑いを浮かべ、いかにも不満そうである。しかたなく私は日本橋のにんべんに足を運び、いちばん高価なかつお節を買った。家に持ち帰り、削り器で丁寧に、まるで熟練した大工さんがカンナ掛けをするがごとくに見事な削り節を拵えて、「どうじゃ、これで文句はないだろう！」とばかりに醬油と和える。次の週、父の前に自慢の作を差し出すと、今度は、

「やっぱりいいかつお節だと味が違うな。しかし、このわさびはなんだ？　香りもなにもない」

チューブわさびに気づかれた。

「よーし！」と次は一本千円以上するわさびを購入し、たっぷりご飯にまぶし、またもや「どうじゃ！」と心で唱えて父に食べさせてみると、

「辛（から）い……」

かつお節弁当さえあれば他にはなにもいらないと言っていた父は、その後の入院生活が長くなるにつれ、少しずつ食への要求が膨らんでいった。そのあげく、父の病室にて「すき焼き」を作って食べさせるまでに至ったこと、その作り方にも父は毎回、文句をつけていたことなどは、他のところで書いたので詳細は割愛する。そして、これについても書いたけれど、私が最後に父の口へ運んだものは、かつお節弁当ではなかった。

食べる力がほとんどなくなってなお、父の頭には「食べたいもの」が渦巻いていたようだ。「新鮮な鯛の刺身」「トロもいいな」「ステーキが食いたい」とは亡くなる二日前の呟きである。そこで私は父の望みを叶えようと、翌日、トロや白身の刺身を買って、ついでに、とうもろこしの天ぷらを持参した。父が「とうもろこしの天ぷら」を好んでいたからである。天ぷらを作るのが得意ではなかったが、粉と卵につけて油で揚げればいいのだろうと適当に作ってみた。細く切った刺身を二つ三つ食べさせたあと、少し冷めたとうもろこしのかたまりを父の顔の前に差し出した。

「これも食べてみますか？」

訊ねると、うんうんと頷いたので、私はゆっくり父の口に差し込んだ。父はしばらくもぐもぐと、とうもろこしを食んでのち、まもなく口から吐き出した。そして一言、

「まずい」

私にかけられた父の最期の言葉であった。

泡だらけ伝授

昨年暮れ、連続テレビドラマ『陸王』が放送を終了した。夏の終わりに降って湧いたような出演依頼を受けてから、怒濤のごとき四ヶ月あまりの撮影期間を終えてみれば、あっという間だったような、日々が格闘だったような、しかし私にとって間違いなく新鮮かつ充実した二〇一七年の下半期であった。

六十代を半ばにしてこれほどの新入生気分を味わえる場所がまだあったのか。ベテラン役者の方々やプロデューサー、監督にはもちろんのこと、私の息子娘であってもおかしくない年頃のスタッフに、どこで叱られるか、どこで呆れられるかとビクビクしつつ、たまに「よかったですよ」なんて褒められようものなら目頭がウルウルするほど喜んで、あとは密やかに自らの短い台詞をボソボソ口ずさみながらセットの裏をうろつきまわる。次に起こる展開も、あちらこちらで交わされる専門用語のキャッチボールも、どこに待機していれば邪魔にならないかも何もわからず戸惑うことだらけ。

「俺のワリボン持って来て！」

誰かの叫ぶ声に驚き、

「ワリボン？　ってなに？」

いつも優しいヤス（内村遥さん演じる安田）のそばに歩み寄って小声で訊ねると、

「カメラ割りが書き込まれているから『割り本』っていうんですけど、それのことです」

ヤスが指さす先は私の手元である。

「ああ、これのことか」

自分が握っている当日分の台本にそんな名前がついていることすら、一ヶ月近く撮影が進むまで知らなかった。

「すいません、あけみさん（私の役名）、ちょっとだけ八百屋にしてください」

長テーブルを挟んで八人ほどが飲み食いしているシーンを撮影するときのこと。カメラマンから声をかけられた。

「八百屋……？」と私は首を傾げる。ここは居酒屋のはずだけど。

「いやいや、少しテーブルから離れて座ってくださいという意味です」

全員の顔を重なることなくカメラに収めるには、カメラから近い順に身体を退かせ、演者をハの字に並ばせる必要がある。その恰好が八百屋の店先に似ているため、そういう呼称がついたらしい。

「あ、なるほどなるほど。これくらい下がればいいですか」

「はい、オッケーでーす」

横浜市緑山にあるスタジオに設えられた『そらまめ』という名の居酒屋は、まるでそのまま営業しても成り立つのではないかと思うほど立派なものだった。壁には堂々たる墨文字の額が飾られて、店の奥の囲炉裏からは煙も上がっている。劇中にて行田市の老舗足袋屋「こはぜ屋」従業員がなにかにつけて集うのは、いつも決まって小上がりの長テーブルだった。そのテーブルにはいつも本物の料理がたくさん並んでいた。枝豆、玉子焼き、魚の干物、刺身、鶏の唐揚げ、行田名物ゼリーフライ（おからコロッケ）など、熱々出来たてとはいかないが、つまんでみればどれもなかなかの美味である。こういう料理を用意するスタッフも大変だ。せっかくご用意くださったのに食べないのは申し訳ないではないか。一度、台詞を言いながら魚の干物をちぎろうとして、なかなかちぎれないので焦るうち、「カット！」がかかり、「あけみさん、干物はやめて、枝豆あたりでお願いします」と指示が飛んできた。以来できるだけ、つまむのならば枝豆と観念していたが、「はい、撮影終了」と言われ、『そらまめ』を辞さねばならなくなっても料理に未練が残った。

正月新年会のシーンにて、その日は豪勢にも鯛のお刺身が盛られた。相変わらず枝豆だけ（枝豆もおいしいけれど）つまんで撮影を終えたのち、「この鯛、もったいないね」「お、コリッコリしてる、旨い！」「え、やだ、私も食べる！」と、出演者一同にわかに盛り上がり、なかなかテーブルを離れなかったこともある。

料理はさておき、酒類ばかりは本物というわけにいかない。銘々のグラスに注がれるのはアルコールゼロのビールである。今はこういう便利なビールがあるからいいけれど、昔のドラマや映画でビールを飲むシーンのときはどうしていたのだろう。サイダーに色をつけたところでビールのような泡を出すのは難しい。もしかして本物のお酒を使ったのか。そんなことを思いつつ、しかし実際は、リハーサルや本番撮影を何度も繰り返すうち、せっかく泡の立っていたビールもすっかり茶色いサイダーの風情となる。ビール係のアシスタント嬢ができるだけ撮影寸前にグラスに注いでくれるのだが、いざカメラが回る頃には泡はすっかり消えたあと。心なし寂しい。

ビールは泡が命と言っていたのは父である。

「いいか、レンコンは穴、ビールは泡が旨いんだ」

父にビールを注ぐとき、必ず言われるのが、

「泡をたくさん。ほら、もっと立てるんだ！」

そう教育されて育った私は自らがお酒を飲めない時分から、ビール瓶を思い切り傾けて、勢いよく注ぐことに専念した。

そういえば父は私がビールを注ぐとき、「泡を立てろ」と同じほど、「ケツ上げろ！」と言ったものである。これは落語に起源がある。

父は志ん生の語る『らくだ』が好きだった。長屋に『らくだ』というあだ名の男が住ん

でいた。あるとき兄貴分の男が訪ねていくと死んでいた。死んだ『らくだ』を葬ってやろうと兄貴分は思い立つ。ついては食べものや酒を集めてこい。たまたま通りかかった屑屋の久六が巻き込まれ、さんざんな思いをした末に（その経緯が面白いのだがこの場は割愛）ようやく酒を手に入れる。『らくだ』の仏様を隣りにして、「よく働いてくれた。まあ、おめえもいっぱい飲んでいけ」

兄貴分に盃をすすめられた久六は「いえ、こちとら酒はダメなんです。だいいちまだ仕事の途中ですし」

「そんなこと言わずに一杯ぐらい飲め。俺の盃が受け取れねえってのか」

すごまれてしかたなく一杯。そしてもう一杯。杯を重ねるうち、

「おい、注げよ」

一転、久六が兄貴分にすごみ出す。

「おめえ、酒はダメだって言ってたくせに。だいいち仕事に行かなくていいのか？」

「つべこべ言わずに注げってんでい。ほら、ケツ上げろ、ケツ！　てめえのケツじゃねえんだい、徳利のケツでい」

この台詞、父はいたく気に入って、ウチでもしじゅう使っていた。おかげで娘も口癖になる。ビールのときだけでなく、日本酒などを父のお猪口に注いだあと、「まあ、お前も飲めよ」と父が徳利を持ち上げる。すると私は自分のお猪口を手に持って、言い返すのだ。

「おい、ケツ上げろケツ、てめえのケツじゃねえんだい、徳利のケツでい」

このときばかりは娘の生意気な口の利き方に父は機嫌を損ねることがなかった。

そんな習性が身についていたせいだ。大学のコンパにて先輩にビールを注ぐ場面が訪れたので、私は元気よくビール瓶を手に先輩のそばへ寄っていった。

「はい、どうぞ」

ビール瓶のケツを上げ、勢いよく注いだところ、たちまち怒られたのである。

「なんだ、その下品な注ぎ方は！」

「いや、ビールは泡が命だと……」

「そんなに泡を立てるもんじゃない！」

世間に出ると父の教えはときどき通用しない。そのとき社会の常識を初めて知る場合もあるが、ビールの注ぎ方に関して先輩諸氏の言い分はどうにも承服できなかった。大学の先輩のみならず、仕事仲間の飲み会でも何度となく殿方に叱られた。

「もっと静かに注ぎなさい。しとやかさが足りない」

どうして私がビールを注ぐとき、みなさんグラスを傾けるのか。傾けられると泡が立ちにくいではないか。心の中で不満に思ったが、また叱られるといけないので黙っておいた。

そしてあるとき、妹尾河童さんから正しいビールの注ぎ方を教えられた。

「ビール瓶をグラスの近くに寄せて、少しずつ注ぎながら、しだいにグラスから離す。どんどん瓶を高い位置に持ち上げて。こぼさないように細く細く。まもなくグラスは泡でいっぱいになる。ここでしばらく待つ。泡がだんだん弾けてビールと泡の割合が四対一くらいになるまで待つ。粗い『カニ泡』がすっかり消えて、ソフトクリームのようなきめの細かい泡だけが残る。そのときもう一度、今度はグラスの縁からそおっとビールを注ぐ。泡がグラスよりはるか上まで盛り上がっても、ソフトクリームのような泡はこぼれない。で、グラスに口を近づけて、泡を避けるようにビールを飲む。どうだい、味が違うだろ？」

この方法で注いでみせたら父はたいそう喜んだ。以来、父はビールを飲もうとするたび、私を呼びつけるようになった。

「おい、サワコ、ビールを注いでくれ。お前に注いでもらうと旨いんだ。お前は本当に上手だなあ」

生涯で、父が私のすることを褒めてくれた回数は限りなく少ないけれど、私が作った切り干し大根と、私が注ぐビールに関してはいつも無条件に褒めてくれた。

セットの居酒屋『そらまめ』にて、あるときカメラの位置の調整などが理由で演じる者たちが長テーブルに座ったまま、待つことになった。しばらく時間がかかりそうだ。ふと、となりに座った「こはぜ屋」の息子、大ちゃんこと山﨑賢人君に小声で囁きかけてみる。

「ね、ビールのおいしい注ぎ方、知ってる？」

「いえ、知りません」

山崎君が瞬時に目を輝かせた。私は得意になる。「あのね」とさっそくビール瓶を手に持ち、彼のグラス目がけて傾ける。少しずつ高く高く、グラスから離して遠くから。たちまちグラスが泡で満たされる。

「え、泡だらけですけど」

驚く山崎君にニッコリ微笑みかけ、

「ここからですね、泡がだんだん消えていくのを待つの。ほら、だんだん粗い泡がなくなっていくでしょ。もうちょっと待ってね」

長テーブルに並ぶ他の出演者の視線もこちらに集まってきた。

「もう少し。あと少し。でね……」

あと数秒待てばというところで、

「では撮影を再開します。用意……スタート！」

最後のクライマックスを迎える寸前にて、ビールは山崎君の口に運ばれ、そして居酒屋シーンは終了した。

私は『そらまめ』セットをあとにしながら山崎君に語りかけた。

「今度、またね。時間があるときにでも」

おいしいビールの注ぎ方をもっと若い人々に知らしめたい。その熱い気持ちは多々なれど、ただ一つの難点がここにある。それは、粗い泡が消えるまで、しばらく待たなければならないことだ。「しばし待つ」という事実を知ったとたん、たいがいの人の興味はカニ泡のごとく消えていく。みんなビールは一刻も早く飲みたいのである。私は早く山﨑君に教えたい。若者が「お、旨いっすね！」と喜ぶ顔を見てみたい。その日を迎えるまで、私はじっと待つ。

母の味

齢九十になる母は、数年前から記憶力の低下が表れ始め、徐々に子供返りをするようになった。基本的に母は実家にいて、旧知のご夫婦に泊まり込みで面倒を見てもらったり、デイサービスに通ったりして過ごしているのだが、週末はきょうだい持ち回りで母のケアをする約束になっている。二週に一度ほどの割で私の家に連れてくると、日暮れとともに、母はそれが決まりごとかのごとく、ガラス戸を開けてサッシの端をごそごそ探り出す。

「なにしてるの？」

私が問うと、

「雨戸しめなきゃいけないでしょ？」

「雨戸はないの。ここ、マンションだから」

「あら、そうだったの？」

いったんは納得し、おぼつかぬ足取りで定位置としている椅子に戻る。が、五分もたたないうちにまた立ち上がり、ガラス戸に向かう。

「どうしたの？」

私が問うと、母はまた、

「いえね、雨戸をしめようと思って」

「雨戸はないの！」

「でも雨戸しめないと。もう夜だし」

「だから、ここはマンションだから雨戸はないのよ。あ、ま、ど、は、な、い、の！」

私はメモ用紙を持ち出して、そこにマジックで大きく書く。

「雨戸はないの！」

耳の遠い母に語りかけようとすると、どうしても大声になる。叱責調過ぎてもいけないと思い、女の子がニッコリ笑ってその文字を指さす絵を添える。すると、

「あら、可愛いわね。へえ、このウチ、雨戸ないの？　へんなウチ」

そう言うと、とぼとぼとまた定位置に戻るのである。

育児経験のない私は今、よちよち歩きの幼い子供を抱える母親の心境だ。目を離すと何を始めるかわからない。どこで転ぶか、何を見つけ出してどこへ仕舞い込んでしまうか油断がならない。母の脳みそが何に刺激され、どう動き出すのか予測できないことだらけである。

でも、元はといえば私の母である。子供返りをしながらも、母という自覚が頭のどこか

に残っているはずだ。その認識をときどき呼び覚ますことも大切ではないか。

私はたまに疲れ切ったふりをしてみる。

「ああ、もうクタクタだあ」

よろよろとソファに倒れ込む。すると母が、

「具合悪いの？　寝てなさい」

心配顔をして、横になった私に何かをかけようとするのだが、適当なものが見当たらない。ようやく見つけた膝掛けを私の身体にかぶせ、

「しばらく寝てなさい。あんた、働き過ぎなのよ」

私は内心、シメシメと思う。ついでに息も絶え絶えな声を装い、

「母さん、晩ご飯、作ってくれない？」

すると母が目をきょろりと見開いて、驚く。

「晩ご飯？　私が？」

「そう、作ってよ。昔は作ってくれたじゃない」

うーんと一つ唸ってから、

「その前にちょっと、お手洗い」

わけのわからぬメロディを口ずさみながら母はよたよた歩き出し、お手洗いへ向かう。

これはいい兆候だ。意欲が出た証拠だぞ。

まもなく居間に戻ってきた母は、相変わらず意味不明なメロディを口ずさみつつ、台所へ向かうかと思いきや、よたよたと、一直線に定位置の椅子を目指し、平然と座り込む。そして安堵したようにテレビのリモコンを操作し始めるのだ。

「もう母さんったら、晩ご飯作ってくれるんじゃなかったの？」

問い詰めると母は、キョトンとした顔で、

「ん？　晩ご飯？　私が作るの？」

初めて聞いたような驚きの声をあげ、それからうーんと唸ったのち、

「明日にする。今日は疲れちゃいました」


母は二十一歳で結婚して以来、亭主と四人の子供のために六十年以上の長きにわたり、ひたすら台所に立ち続けてきた。そりゃたまには父に連れられて外食をしたり、あるいは旅先で食事をしたりする機会もあっただろう。しかし基本的には、食にことのほか関心の高い父に急かされて、一日中、献立のことを考えていなければならない身の上だった。

なにしろ朝ご飯を食べながら、「今夜は何を食わせてくれるのかね？」と母と私の顔を見つめて質問するのが父の習いであった。その言葉を聞いたとたん、私と母は互いに目を合わせ、がくりと肩を落としたものである。朝から晩ご飯のことを考えろと言われても……。私とて食べることは好きだし、食に関心の高い人が好きである。しかし関心の高す

ぎる人とだけは結婚するまいと心に決めたのは、父を見ていたせいである。そして、よくそんな父の要求に逆らうことなく従い続けているものだと、母に同情した。

父の没後、正確には父が老人病院に入院してからというもの、母はそのノルマからさっぱり解放された。そして少しずつ、身の回りのケアをしてくれる人の手に甘え、台所仕事から遠ざかっていった。考えてみれば、生涯分の責務はじゅうぶんに果たしたようなものだ。もうご飯作りから解放されてもいい時分だろう。娘としてそう納得する一方で、もう一度、母が作る料理を味わいたいという郷愁も湧く。

母は結婚する以前はさして料理を作ることをしていなかったという。五人きょうだいの末っ子だったから、大目に見られていたらしい。その母が結婚したとたん台所で格闘するようになったのは、父の厳しい薫陶の賜物だったとも言える。

私が物心つくかつかぬかの昭和三十年代初め頃、母はすでに手製のデミグラスソースを使ってオックステールシチューやタンシチューを作り、父の師である志賀直哉先生のお宅にたびたび届けていたそうだし、ホワイトソースと挽肉の混ざったクリームコロッケは母の得意料理の一つとして、食卓によく登場した。

私は母と違って幼い頃から台所に入り、母の手伝いをよくしたほうだと思う。母にそうしろと言われたわけではない。物心ついた頃から、なぜか台所にいるのが好きだった。お米を研いだり目玉焼きを焼いたりする作業は、どんなおままごとをするよりはるかに面白かった。怖い父のそばにいるより母の近くにいたほうが安全だと思ったせいもある。はたまた私が台所で母の手伝いをしているかぎりは父の機嫌がよかったからでもあった。台所は私にとってシェルターのようなものだった。父に叱られて不満が爆発しそうになったとき、学校の悩み事を告白したいとき、母を通して父に要望を申し出たいとき、失恋して泣きたくなったとき、私はたいてい台所へ駆け込んだ。

「あのさあ……」

母に話しかけるとたいがいの場合、

「どうしたの、暗い顔して」

母の問いに答えようとしたとたん、

「あらら、ちょっと火を弱めてくれる?」

「はい。でさあ……」

弱火につまみを回しつつ言いかけたところで、「おーい」と書斎から父の大声がして、

「はーい! あんた、悪いけど、このお鍋、焦げないように見ててね」

慌ただしく動き回る母の姿を追ううちに、たいていの悩みは薄らいだ。

母と私の作る料理には微妙な棲み分けがあったように思う。私が料理教室で習ってきた「切り干し大根」や、レストランで覚えてきた「マッシュルームのニンニクソテー」、あるいは中高時代に熱を入れたデザート類に関しては、たいてい私が任された。母が作る様子

を横で見たり下ごしらえをしたりしながら覚えたメニューもないわけではない。たとえば、鶏肉をホワイトソースと和えて、最後にレモン汁をたっぷり絞り入れる「レモンライス」や、炊く段階からお米にカレー粉とニンジン、玉ねぎのみじん切りを入れ、炊いたあと牛の挽肉を混ぜて炒める、いわば炊き込みご飯タイプのドライカレーは、高校生の時代から私一人で作れるようになった。が、いくら母の助手を務めても、母の得意とするクリームコロッケやオックステールシチューを娘の私が単独で作ったことは未だにない。

いや、一度だけ、クリームコロッケに挑戦したことがある。でも失敗した。ホワイトソースのかたさが上手にいかないのである。かたすぎてもまずい。柔らかすぎると、油で揚げるときに破裂する。破裂するのが怖くて、少しかために作ったら、案の定、おいしくなかった。

このコロッケを作りたいと初めて叫んだときのことをはっきりと覚えている。幼稚園から帰宅して、玄関に上がったら、長い廊下の奥の台所の板の間に座り込み、コロッケを成形している母の姿が目に入った。その瞬間、

「佐和子もやるー!」

大声で叫び、私は廊下をダッシュした。勢い込んだあまりブレーキがきかず、そのままコロッケの並ぶ新聞紙の上にスライディング。母が丹精込めて作ったコロッケは、あれよあれよと思う間にぺちゃんこ。そのあと、どれほど叱られたのか。まったく記憶にないの

だが、おいしそうなコロッケをたくさん潰したという罪の意識はその後も私の心に深く刻まれた。成長したあとも、母がコロッケを作り始めると、なんとなく手を出してはいけない領域のような気がして気後れする。

母に作る意欲があるうちに、きちんと習っておけばよかった。私とて、小麦粉とバターを炒め、そこへ牛乳を少量ずつ注ぎ、本格的なホワイトソースを作ることはできる。別のフライパンで、玉ねぎのみじん切りと牛肉の挽肉をよく炒め、塩胡椒で味つけする手順もじゅうぶんに知っている。問題は、双方を合わせたときのかたさの感覚だ。合わせたクリームが熱々のうちは少々柔らかめでもかまわない。そのあと冷蔵庫に入れて冷やし、コロッケのかたちに成形し、パン粉をつけ、油で揚げるとき、爆発しない程度のクリーミーな柔らかさにする。その塩梅が難しいのである。

もしかして母は、そのクリームのかたさを本能的に記憶していないだろうか。

「ねえ、クリームコロッケ、作ろうよ。私も一緒に作るから」

すっかり怠け癖のついた母に私は問いかける。すると、

「へ？　クリームコロッケ？」

「そうそう、母さん、得意だったでしょ？」

母はしばらく考えたのち、

「うーん、あれ、めんどくさいでしょ」

おお、覚えているぞ。もう一押しだ。

「めんどくさいけど、おいしいよ。作り方教えて。母さんの作るクリームコロッケ、食べたいなあ」

おだててみせると母はニヤリと笑って、ケロリと言いのけた。

「私は別に食べたくない」

キャベツ巻きそれぞれ

子供の頃は、ご飯に合うおかずがなんといってもごちそうだった。逆に言えば、ご飯に合わないおかずが出てくると、がっかりしたものだ。

そのことを思い出したのは、十二代目市川團十郎夫人の堀越希実子さんが書かれた『成田屋の食卓』を開いたときである。團十郎さんの好物の一つにロールキャベツがあったという。横長の茶色い器に、よく煮込まれた様子のロールキャベツが三つ、上品に、おいしそうに並んでいる。その写真を見て、たちまち懐かしくなった。

「そうだ、昔、ウチでもよくキャベツ巻きが出てきたな」

我が家ではロールキャベツとは言わず、キャベツ巻きと呼んでいた。そして「今夜のおかずはキャベツ巻き」と告げられると、こころなし残念な気持がしたのを覚えている。私にとって、ご飯に合わないおかずの筆頭が、キャベツ巻きだったのだ。

今振り返ると、なぜあれがご飯に合わないと決めつけたのかわからない。でも子供にとっては、どう考えても合わない献立に思われた。父の好物だったのかしら。子供が失望するわりに、母は比較的頻繁にキャベツ巻きを作った。

寸胴鍋の中から母がお玉でキャベツ巻きを崩れないようにそっと持ち上げ、「お皿を出して」と指示をする。私はお皿を前に差し出し、そこにキャベツ巻きが一つ、あるいは二つ盛られるのを待つ。母はキャベツ巻きに続き、今度はお玉を使って澄んだスープをすくい、キャベツ巻きの上にかける。私はその皿を両手で抱え持ち、こぼれないよう気をつけながら食卓へ運ぶ。父の分、兄の分、そして私の分と母の分。台所と食卓を四往復したのち、ようやく家族全員が食卓に揃ったら、というか、その時点で父はすでに食べ始めていたように思うが、とりあえず、

「いただきまーす」

私はまず、手を使ってキャベツ巻きの端っこに刺された爪楊枝を取り除く。この「爪楊枝を取り除く」という作業自体が、どうも好ましくなかった。なぜか。当時、私はちょっとばかり先端恐怖症の気があった。尖ったものを見ると恐怖を覚えるのである。熱にうかされて見る夢はいつも決まって、剣山の上を歩いているところだった。ひどいときは、鬼に追いかけられ、剣山でできたベルトコンベアーの上を必死に逃げる夢である。逃げても逃げても鬼が追ってくる。怖くて痛くて、泣き叫び、そしてまもなく自分の泣き声に驚いて目を覚ました。

先の尖った細い爪楊枝を見ると、その夢の恐怖が蘇る。さらに抜き取った爪楊枝の処分

に困り、でも皿の端に置いておくのも心地悪い。かといって尖った爪楊枝をゴミ箱に捨てたら、誰かが怪我をしそうで心配だ。困った爪楊枝なのである。キャベツ巻きが嫌いな理由がすべて爪楊枝にあるとは言い切れないけれど、ささやかな要因であったことにはちがいない。

捨てる場所はさておき、とにかく爪楊枝を無事に抜いたあと、はて、どういう手順で私はキャベツ巻きを食べていただろう。箸で持ち上げてかぶりつくには危険が伴う。熱々のスープがキャベツ巻きの中に染み込んでいて、口に入れた途端に火傷をしそうだし、切り取るにはキャベツの威力が強すぎる。ナイフとフォークを使って切り取ればよかったのだろうけれど、あの時代、家庭で子供がナイフとフォークを自在に使うような環境ではなかった。スプーンでちぎっていただろうか。いやいや、おそらく幼かった私は、せっかく巻かれたキャベツを、風呂敷に包まれた進物をほどくがごとく、丁寧に順序よくはがしていき、中にあるひき肉団子を箸でつまんで口に運ぶという方法で食していたような覚えがある。

これがそもそものまちがいだったかもしれない。せっかく合体していたはずのキャベツとひき肉を別々に口へ入れるのと、キャベツと肉の味を同時に口内にて味わうのとでは、印象に大いなる差が生まれて当然だ。キャベツ巻きの、キャベツ巻きたる所以は、ひき肉団子と一緒にキャベツを頬張るところにある。

でも、解体してしまったのだからしかたあるまい。キャベツの衣を剥がして現れるのはもちろん、白っぽく茹で上がったひき肉のかたまり。その間に玉ねぎのみじん切りが混ざっていた。さらに、ときどきパンが見え隠れしていた記憶がある。肉汁とスープをじゅうぶんに吸い込んだ、もはやパンと呼ぶにはほど遠いほどに、ぼよんぼよんにふやけた食パンの小片が肉団子に混ぜ込まれていた。おそらく母は、団子のつなぎのためにこのパンのかけらを加えたのだろう。そのパンが、なんというか、ご飯に合わないもう一つの理由だった気がする。パンと一緒にご飯は食べない。主食と主食である。それはないでしょう、と子供心にも思った。

話は逸れるがそもそも私は、焼きそばパンとか、スパゲティパンとかを、積極的に食べたいと思ったことがない。それは主食と主食を同時に食べることになるからだ。それはないでしょう。でも、お弁当にときどき入っているケチャップで真っ赤に染まったスパゲティと冷え切った白いご飯を同時に口の中に入れるのは厭わない。あれはなんとなく、おいしい。はたまた、きつねうどんの隣に小さなおにぎりがあるのも嫌いではない。でもラーメンと一緒に炒飯は食べないかな。どう違うのか。自分でもわからない。人間は矛盾だらけの動物だ。

ついでに申し上げれば、私は決してぼよんぼよんにふやけたパンが嫌いなわけではない。現に、ミルクトーストは、子供の頃、風邪を引いたりしたときに母に作ってもらってよく食べた。あ、ミルクトースト、ご存じない？

　食パンをカリカリに焼き、バターをたっぷり塗って、砂糖を振りかけ、その上に熱々に沸かした牛乳をたっぷりかけるもの。バターと砂糖が熱い牛乳によって溶け出し、同時にパンが牛乳を吸い込んで、膨らみ始める。そこでさらに牛乳を足す。するとまたパンが吸い取る。牛乳を足す。パンが吸い取る。いったいいつまで牛乳を吸い込むつもりなのか。その様子を見届けるのも楽しいミルクトーストなのである。たっぷり牛乳を吸い込んだミルクトーストを大きなスプーンでちぎって食べると、バターと砂糖の味が口の中に広がって、「ああ、風邪が治りそう」と思ったものである。あのぼよんぼよんにふやけたパンはまちがいなくおいしかった。でもキャベツ巻きに入っているふやけたパンにはかすかに抵抗を覚える。どう違うのか？　ミルクトーストは甘く、ご飯と一緒には食べない。

　そういえば母は、ハンバーグにもパンのかけらをつなぎとして使っていたはずだが、ハンバーグのときは気にならなかった。はたまた、チキンカツやコロッケはパン粉で覆われているけれど、あれはご飯によく合います。パンとご飯なのにね。

　こうなってくると、どうして私はキャベツ巻きが好きでなかったのか、さらに追究したくなってきた。もしや根源はキャベツにありや？　でも、キャベツ自体を決して嫌いではない。生の千切りは、ことにトンカツに添えられていると、いくらでもおかわりをしたくなる。炒めたキャベツを食べるたび、甘くてシャキシャキしていて、なんとおいしいのだろうと感動する。ひょっとして煮たキャベツが好きではないのか。いや、そんなことはない。シチューなどに添えられている（私は添えますが）、茹でたキャベツは魅力的だ。茹でたキャベツとジャガイモとニンジンのグラッセ。シチューのそばに、このトリオが揃っているとホッとする。

再び團十郎夫人の『成田屋の食卓』を繙く。写真が載っているだけでなく、本文にもロールキャベツのことが触れられている。

――うちのロールキャベツは牛ひき肉です。（『成田屋の食卓』世界文化社刊より）

はて、阿川家のキャベツ巻きは何の肉だっただろうか。母に訊いてみたいが、すでになんでも一分後には忘れる九十歳の老婆となり果てた。ためしに「覚えてる？」と電話で問い合わせてみたところ、「覚えてない」と素気ない。そのとき救世主を発見した。ここ数年、母の世話をお願いしているまみちゃん（若い頃にウチに住み込んで家事全般の手伝いをしてくれていた婦人）に聞いてみる手がある。案の定、まみちゃんは、「ああ、キャベツ巻きね、奥様（母）から教わってよく作りました」。そして、

「一度、合い挽き肉で作ったら、ダンナ様（父のこと）に『牛肉にしてくれ』と言われた覚えがあります」

ということで、我が家も牛ひき肉を使っていたことが判明。さて『成田屋の食卓』に戻る。

――セロリとたまねぎ、にんじんをバターで炒めて冷ましたものを牛ひき肉に混ぜます。ビーフブイヨン、鶏ガラスープの素、塩、こしょう、トマトケチャップで味付けをしたものを茹でたキャベツの葉っぱでくるんで、鍋でことこと煮込みます。(同上)

團十郎家ではつなぎのパンは入れないらしい。そのかわりにセロリ。なんだかお洒落。さらに味付けにトマトケチャップを使うとある。

阿川家のキャベツ巻きには、スープにトマトが入っていたと記憶する。家によって少しずつ違うものだ。そして團十郎夫人はロールキャベツについて最後にこう締めくくっておられる。

――キャベツの葉っぱを留めるために爪楊枝を何本も刺したりしたら不格好になるでしょう。爪楊枝を使わずに、きちんと巻いて、隙間がないように鍋に並べれば、いい形のロールキャベツができます。そこがいちばん大事なところだと私は思います。(同上)

私はもう一度、ロールキャベツの写真が載っているページをめくる。たしかに爪楊枝の気配がない。さらに、ロールキャベツの皿の傍らには、ケチャップの入った小鉢が添えられている。キャベツ巻きにケチャップをかけて食べるというしつらえか。私はまみちゃんに質問してみた。

「ウチのキャベツ巻きって、ソースとかケチャップとか、かけてたっけ?」

「いいえ、ソースなんかはかけませんでしたけど、ダンナ様が『最後の仕上げにサワークリームをスープに落とすと旨くなるんだよ』っておっしゃって、私、急いでサワークリームを買いに行った思い出があります」

キャベツ巻きに関心が薄かったせいか、私にはウチでそんなふうにキャベツ巻きを食べていたという記憶がまったくない。

もはや母に確かめることが叶わなくなった今、阿川家の食卓について知ろうとすると、まみちゃんに聞くのがいちばんだ。まみちゃんが元気なうちに、他の料理の作り方やエピソードも取材しておかなくてはなるまい。そんなことを思ううち、無性にキャベツ巻きが食べたくなってきた。今ならおいしいと思えるような気がする。ただし、爪楊枝問題は成田屋に倣うこととしよう。

デビルオムレツ

デビルサンドなるものをいただいた。

さるテレビ番組にて森山良子さんが自ら作って持ってきてくださった。

「デビルサンド!?」

名前を聞いて恐れおののく。どんなおぞましきサンドイッチが披露されるのか。恐れおののいたのは束の間で、現れ出でたるはお皿いっぱいに並べられた黄色と白の色鮮やかな茹で玉子、茹で玉子、茹で玉子のオンパレードだ。薄いパンの間にぎゅう詰めにされた茹で玉子の満員電車を見るかのごとき光景。ピチピチ玉子がはち切れんばかりの贅沢なサンドイッチである。しかし、どう考えても高カロリーだ。

「だから悪魔のサンドイッチって呼ぶのよ。名取裕子ちゃんに教えていただいたんだけど、ウチでも大好評でね」

良子様の解説を伺いつつ、ラップに包まれたデビル君を一つ取り上げて、大口開けて頬張ると、確かに豊かな玉子感。しかもおいしい。が、二つ目に手を伸ばそうとするにはなかなか勇気を要する。

「でも、いっか、食べちゃおって気持になるんだな。そこがデビルの所以ってことかしら」

私より少しばかり歳上であるはずの良子様がニコニコケロリとおっしゃるのを横目で見つつ、私は二つめに伸びかけた手をやんわり押しとどめた。

うちへ帰ってあらためてネットで検索してみたら、何と一つのサンドイッチに卵を六個使うというではないか。卵を茹で、殻をむく。まず、そのうち五個は縦に半分切りして、パンの上へ並べる。残り一個で作っておいたタルタルソースをその上からかけてパンで蓋をし、ラップに包み、包丁で二等分にすると、中の表面が鮮やかに現れるという具合だ。

森山さんに「もう一つ、いかが?」と勧められたが、止めてよかった。そんなことをしたら玉子六個を胃袋へ投入することになるではないか。言っている意味、わかります?血管年齢七十八歳(実年齢は六十四歳)と医者に告げられ、血圧もここ数年、高め安定をキープしている私としては、朝、目玉焼きを二つ食べるのすら遠慮している昨今である。一度に玉子を六個も制覇するのはいかんせん無謀というものだ。デビルめ!

私が作る玉子サンドは、全面タルタルソースタイプである。すなわち、茹で玉子を細かく砕いて、そこへ玉ねぎのみじん切りとピクルスを加え、塩胡椒、マヨネーズを混ぜてパンに挟む。

このタルタル玉子サンドを片思いの君にささげた若き日の切ない思い出がある。幸か不幸か、それは二人だけのデートではなく、友達数人の海遊びの日であった。ゆらゆら揺れるヨットの上で、さて、そろそろお昼にしましょうと、私は持参したサンドイッチを皆の前に広げた。そして得意の玉子サンドを「どうぞ」と勧めると、女友達の一人が「わあ、ありがとう」と手を伸ばし、一口食べて、それからくぐもった声で私に囁いた。

「アガワ、これ、ちゃんと玉ねぎの水切った？」

「え？」

指摘されて改めて見てみると、私の作った玉子サンドはやけにみずみずしい。というより、べちゃべちゃになっている。

「水にさらした玉ねぎは、布巾でしっかり絞ってから混ぜなきゃダメよ」

料理の先生のように私に駄目出しをした友達の、すぐ後ろで我が片思いの君は視線を海のはるか彼方へ向けて、聞こえないふりをしていた。そのあと彼が私の玉子サンドに手を伸ばしたかどうか、動揺しすぎて記憶にない。ただ、今でも玉子サンドを作ると、そっぽを向いたかの君の横顔が胸の痛みとともに蘇る……と書いて、今、蘇らせてみたが、もはや痛みはまったくないな。最近、ピクルスの代わりにラッキョウを刻んで入れるとおいしいことを知った。関係ないが。

私が人生で初めて作った卵料理は「炒り玉子」であったと思う。小学生の頃、私の調理場はもっぱら石油ストーブの上だった。小さめの片手鍋に卵を一つ割り入れて、砂糖少々とお醤油タラタラ。よくかき混ぜてストーブの上に乗せ、割り箸を四、五本握って待機する。熱が鍋に伝わって、鍋底に接している卵液が少しずつ固まり始める。そこへ束ねた箸を突っ込み、一気にかき混ぜる。また待機。少し固まったらかき混ぜる。それを数回、繰り返す。しだいに液状の部分が減っていく。液状部分をどれくらい残して火から離すか。この見極めが難しい。火の上で「ちょうどいい頃合」と思うと、食べるときに固すぎる。まだ少し生っぽいかというあたりで火から離すのが適当だ。それを「余熱」の力というのだと、私は小学校二年生にして学んだ。

ほどよく半熟に炒った玉子に、細かく刻んだキュウリと紅生姜、そして前夜の冷やご飯を混ぜて出来上がり。名付けて「炒り玉子ご飯」を考案したのは私である。もっともこれが家族に大好評だった覚えはなく、学校から戻り、小腹が空いたときなどに、自分で作って自分だけで食べていた。

そういえば父はオムレツが好きだった。晩ご飯の途中で、その晩のおかずに物足りなさを感じたとき、父はよく言った。

「おい、なんか食べるもんはないのか」

「えー？　他にですか？　そうねえ」

母や私が冷蔵庫を覗き、めぼしきおかずを探していると、父が叫ぶ。

「何もないならオムレツを作ってくれ。くれぐれもバターをケチってくれるなよ」

母はやれやれという顔をして、冷蔵庫から卵を一つ取り出し、フライパンを火にかける。ボウルに割った卵を割り箸でかき混ぜながら塩を振りかけ、熱したフライパンの上に、これでもかとばかりにバターの大きなかたまりを置く。

ときどき母に代わって私が作るときもあるが、オムレツに関しては、父は母の手によるものを欲しているとわかるので、あまり手出しはしないようにしていた。なにしろ母の作るオムレツは、娘の私が言うのもナンですが、なんともいえず美しい。さして特別なことをしているわけではない。ただ、一個の卵をフライパンでささっと焼いてひっくり返してまとめるだけである。それなのに、出来上がりを見ると、肌合いの揃ったきれいな卵色の表面、中はほどよく半熟状態で、かたちも大きさも、なぜか上品。

私が作るとこうはいかない。雑味が出る。表面の色と固さにムラがある。オムレツの出来ごときで人の性格はわかるものだと、母のオムレツを見て思った。

母の作ったオムレツが目の前に運ばれると父はこよなく嬉しそうに顔を緩め、その一かけらを箸で挟んでご飯の上に乗せ、口へ運ぶ。

「ああ、うまい！」

その声を聞き、だったら最初から今日のメインディッシュはプレーンオムレツだけでよかったのに、他の料理を作った労力は無駄だったのかと、母と私は顔を見合わせたものである。

『アリス・B．トクラスの料理読本』という料理エッセイ本がある。以前、『スープ・オペラ』という小説を書くにあたり、参考にした。トクラスは生涯のほとんどをフランスで過ごしたアメリカ人作家である。彼女は同業者である女流作家のガートルード・スタインと長年一緒に暮らし、ヘミングウェイやピカソ、マティスらと親しく交流し、料理の腕にも長けていたらしい。そのトクラスの料理本にオムレツが載っていた。というより、他にも手の込んだ肉料理や魚料理が洒脱なエッセイとともにたくさん掲載されていたのだが、簡単に真似できそうなものが、オムレツだったので、目に留まったのである。ただしかし、そのオムレツのレシピが豪快だった。もはや手元にその本がなく（大事にしていた本に限って失くす）、詳細が定かでないが、十年程前に書いた私の小説の中の一文を参照すると、どうやらこのオムレツの発明者はトクラス本人ではなく、当時親交のあった画家のピカビアだという。称して『フランシス・ピカビア風オムレツ』。

「これをただのオムレツと言うなかれ。だって発明者はあのピカビアなのだから」

トクラスの一文である。「あのピカビア」と書くほどだから、ピカビア自身、よほど「タダモノ」ではなかったことが推測される。生涯、幾度にも渡って画風を変貌させたピカビアは、後年、「描き続けるためには、狂人にならなければならない」と自ら宣言していたそうだから、そんな画家が考案したオムレツが、タダモノであるはずはないだろう。

材料を見ると、卵八個にバター半ポンドとある。半ポンドといえば、おおよそ二百三十グラムのことである。普段、家庭で使うバター一箱が二百グラム。それより多い。その時点で私は仰天し、さらに興味が湧く。とりあえずレシピの半量分で作ってみようと意を固める。すなわち卵四個とバターを百十五グラム。それでもとんでもない量だ。

まず卵四個をボウルに入れて撹拌（かくはん）する。塩、胡椒を施し、フライパンを火にかける。レシピによると、バターを少しずつ足しながら、三十分かけてゆっくり焼くのだそうだ。そんなに時間をかけて、固くなりすぎないのか。疑問を抱きつつ、まずは熱せられたフライパンの上に少量のバターを溶かし、それから卵を流し込む。バターは半分？　三分の一？それとも四分の一？　よくわからないので、三分の一ほど。時間をかけてじっくり焼くということは、弱火がいいのだろう。卵料理は何であれ、強火にかぎるという常識に、このオムレツは反している。フライパン一面に広がった卵の海がしだいに下から焼けてくる。その固まりかけたところと液体状の部分とを箸で混ぜる。続いてバターの次の三分の一ほどを加える。バターが卵の中で溶けていく。ふと、絵本『ちびくろ・さんぼ』のトラが溶けていく場面を思い出す。再び固まってきた頃合を見計らって箸で混ぜ、残りのバターを黄色い卵の中へ投入する。卵は固まり、バターは溶け、どうもこれを見る限り、バタースープに浮かぶ玉子焼きという様相だ。さて最後が肝心。フライパンを手に持って斜めにし、バターの染み込んだ玉子をひっくり返してオムレツのかたちに整えなければならない。と、整えるのはさほど難しくはないけれど、どう見ても、バターが玉子の端から溢れ出している。こんなことでいいのですか、ピカビアさん？

そもそも私はバターが大好きだ。幼い頃、それこそ『ちびくろ・さんぼ』に衝撃を受け、あるとき母に頼んだことがあるぐらいだ。

「バターのスープを作って！」

母は笑って答えた。

「そんなの、無理よ」

おおいにがっかりした日の、それが縁側での会話だったことをはっきりと覚えている。それほどにバター好きの私でさえ、このオムレツの味には驚いた。驚いたというより、やや閉口した。ここまでバターを使わなくてもいいのではないか。ピカビアさんのみならず、アリス・B．トクラスもガートルード・スタインも、ピカソもヘミングウェイも、こんなオムレツをおいしいと、本当に思っていたのだろうか。常日頃、「バターをケチるなよ」と口癖のように言っていた父が、もしこのオムレツを食べたなら、はたしてなんと感想を述べたであろう。生前の父に一度食べさせてみたかった。

ちなみに、後日森山さんにうかがったら、「私は卵三個よ。タルタルソースも卵は使わないで、クリームチーズやマヨネーズにピクルスを刻んだものを使うだけだもん」。それだって十分にデビルだろ！

すでにアッタリー・ガッカリー

ニューヨークへ行った。同行者はニューヨーク初体験だったので、この際、彼女にかこつけてマンハッタン観光の基本をおさらいしようと思い立つ。自由の女神を川岸から望み、グラウンドゼロを見学し、セントラルパークを車で抜け、ハーレムを通過して、最後に、

「今、ニューヨークでいちばん賑わっているお店にお連れしましょう」

ガイド役を買ってくれた現地在住の知人の案内で訪れたのは、五番街と二十三丁目の交差点にある巨大イタリア食料品店だった。古いビルの一階にあるその店舗に足を踏み入れるや、なるほど人で溢れ返っている。左右の棚にはイタリアのチョコレート、生菓子、コーヒー、チーズ、ジェラート、サラミ、生ハム。少し奥へ進むと、ワイン、台所雑貨、生パスタ、野菜、生肉、鮮魚、そして缶詰、瓶詰、オリーブオイル、焼きたてパン、実演ローストチキンとローストビーフ。さらに何百種類あるのかと思われるほどの乾燥パスタ、パスタ、パスタ、スパゲッティ、パスタ、ずらりと並んだワイン、ワイン。いわば、デパ地下のワンフロアがすべてイタリアの食料品で埋め尽くされたかのような品揃えなのであ

る。しかも、それらの食料品棚の間には背の高い丸テーブルがいくつも並び、お洒落なニューヨーカーがそのまわりに集い、ワイングラスを片手に高らかに笑ったりお喋りをしながら優雅に立ち飲みを楽しんでいる。どうやら店の奥には他にもいくつかレストランがあるらしい。腰掛けてパスタ料理を食べている人の姿もある。

基本的に他人と接触するのは苦手なはずのアメリカ人が、この店だけは例外と思っているのか、その混雑ぶりと賑わいぶりはさながら東京駅の構内のようだ。目の前にそびえ立つ人が、歩いているのか立ち飲みしているのか、はたまた並んでいるのか（実際、生洋菓子売り場とエスプレッソコーナーとレジには長蛇の列ができていた）区別がつかず、始終、「エクスキューズ・ミー」を連発し続けなければ移動できなかったほどである。

「なんじゃ、こりゃ」

その雰囲気に圧倒されつつ、しだいに興奮してきた我々は、その後のすべての観光予定をキャンセルしてでもこの店に二時間ほど居座りたくなった。しかし、次の予定が入っている。私は急いで目の前のパルミジャーノチーズの塊をつかみ、ハードサラミを握りしめ、人混みをかき分けて会計へ向かった。

さてその晩、買ったばかりのチーズを宿で開封し、ワインとともに一口かじったら、なんと濃厚で、おいしいではないの。

「やだー、もっとたくさん買えばよかったあ」

旅先で悔いだけは残すまい。帰国前日、なんとか再びその店に立ち寄って、「こんなにおいしそうなイタリアの食料品店は日本にないもんね」と叫びながら、チーズや缶詰やパスタやチョコレートを買い込む。その日の深夜にはそれらを無理矢理スーツケースに押し込んで、ようよう日本へ帰ってきた。

さて、帰宅してさっそく弟にメールをする。弟の息子のために子供服を買ってきた報告をするためだ。ついでに、

「ニューヨークは楽しかったよ。ステキなイタリア食料品店を見つけてね。今、話題の店なんだって。重かったけど、いっぱい食料品を買ってきちゃった」

メールで伝えると、まもなく返信が届く。

「それってもしかして、イータリーってお店？　だとしたら、代官山にあると思うよ。日本橋三越にもあるらしいけど」

イータリー。まさしくその店だ。食べる「EAT」とイタリアの「ITALY」をかけてつけたと言われる「EATALY」というその店名にも感動したのである。それが、代官山に？　あるの？　日本橋三越にも？

慌てて私はインターネットで検索する。すると、

「トリノに生まれたイータリーは、二〇〇八年、初の海外店として東京の代官山にオープン」

しかも、代官山店に続き、東京だけで、もはや五店舗もあることがわかった（二〇二〇年現在は二店舗）。なんてこった。しだいに顔が青ざめる。こんな事実が発覚する少し前、私はさんざん友に恩を着せたのであった。

成田空港に到着後、空港近くに住む友達の家を訪ね、

「はい、おみやげ！」

自慢のチーズとパスタを鞄から取り出して、さかんにうそぶいた。

「これね、ニューヨークで今、人気のお洒落なイタリア食料品店で買ってきたの。食べてみて。おいしいチーズなんだから」

「うわあ、ホントに濃厚だ！　さすがニューヨークのものは味が違うねえ」

「そうなのよ。このパスタだって、日本で見たことないもんね。これでなにか作ってみて」

小さなマルが二つ重なったような、珍しいかたちのパスタの袋をかかげ、得意げに解説し、「まあ、ありがとう。貴重なものをいただいちゃって」と大いに喜ばれた結果が、この有様か。

しかし一つだけ、救いがあった。イータリーのニューヨーク店は、代官山店の五倍の面積があるという。五倍もあれば、品揃えは自ずと違ってくるはずだ。日本には売っていないかもしれない。ね、君たち、日本に来るのは初めてでしょ。買ってきた缶詰やチーズを見つめながら、私は秘かに語りかける。

ハム入りマカロニの謎

さて今日は何を食べようかと思ったとき、突然、「ハム入りマカロニ」という文字が頭に浮かんだ。その言葉を聞いて即座に「ケストナー」を連想する人は、私と気が合うかもしれない。

そう、「ハム入りマカロニ」は、ケストナー原作の『エーミールと探偵たち』の冒頭に登場する食べ物なのである。主人公のエーミールが学校の長期休みを利用してベルリンの親戚の家に一人で行くことになる。当日、エーミールは旅の支度をしながら、母親の作った「ハム入りマカロニ」を猛烈な勢いで食べる。しかし、ときどき手を止めて、お母さんのほうを見る。これからしばらくお母さんと離れて暮らすことになるという日に、よくそんなに食欲があるわねと、お母さんが気を悪くしやしないかと心配になったからだ。初めてこの本を読んだ子どもの頃から、私はこのシーンが好きだった。ちょっと悪さもしたい年頃で、よそいきを着たくないと軽く反抗したりもするけれど、でもお母さんのことは大好きだから、お母さんを悲しませたくはない。エーミールって、なかなかいいヤツじゃないか。「ハム入りマカロニ」とともに記憶に残った場面である。

実はこの本だけでなく、ケストナーの代表作である『飛ぶ教室』の中にも「ハム入りマカロニ」は登場する。物語の「あとがき」の中に、「今日はハム入りマカロニです。これは私の好物です」と、ケストナーはきっぱり書いている。ケストナーという作家はよほど「ハム入りマカロニ」が好きだったのか。それとも「ハム入りマカロニ」は、ドイツの代表的な家庭料理なのだろうか。

私はずっとこの「ハム入りマカロニ」に興味があった。が、長年、この食べ物について深く考えたことはなかった。なぜなら、「ハム入りマカロニ」と聞くと、すぐにマカロニグラタンを思い起したからである。

実際、『エーミールと探偵たち』に出てくる「ハム入りマカロニ」には、粉チーズが振りかけられている。おそらくそのせいであろう。チーズを振りかけて食べるのだから、マカロニグラタンに決まっている。

しかし、待てよ。と、私は、この物語に出会ってもはや四十年以上経ったごく最近になって、初めて首を傾げた。

もし「ハム入りマカロニ」がグラタンだったとしたら、ホワイトソースの描写があってもいいのではないか。そんなにケストナーがマカロニグラタンを好きだったのならば、ハム以外に、「この白いトロンとしたソースのたっぷりからまるマカロニを、フウフウ言いながら口に運ぶときの幸せ感はたまらない」とかなんとか書くに違いない。少なくとも私ならそうする。ホワイトソースのおいしさは、子どもにとって無視することのできない大事なポイントだ。しかし、ケストナーはそんなことを書いていない。ただ単に「ハム入りマカロニ」と記しているだけだ。

そもそも、グラタンにハムを入れることがあるだろうか。ドイツと日本では食文化に違いがあるから一概には判断できないが、私の個人的好みから言えば、グラタンにはなんといっても鶏肉が合うと思われる。玉ねぎと鶏肉をバターでしっかり炒め、そこへ茹でたマカロニを加え、ほどよく馴染んだら、小麦粉を、鍋の底が焦げつかないよう気をつけながらパラパラパラと振りかけて、さらに炒める。具がねっちりむっちょりしたところへ牛乳を少しずつ注ぎ込み、全体がなめらかになったら塩胡椒で味を調えてグラタン皿に移し、上から粉チーズを振りかけて、オーブンで、表面に焦げ目がつくまで焼く。

本当は、ホワイトソースを別の鍋で作って、それを鶏肉やマカロニと和えるべきなのだけれど、時間がないときは、炒めた材料の上に小麦粉をパラパラ振りかけて牛乳を加えるという簡易な方法を取る。いずれにしても、ハムは入れない。

マカロニとハムの組み合わせで日本人がもっとも想像しやすいのは、サラダであろう。ハム入りマカロニサラダ。これには馴染みがある。エーミールが食べていたのはマカロニサラダだったのだろうか。しかし、サラダの上にチーズは振りかけない。

弟がまだ幼い頃、私は弟のために野菜や肉を混ぜたマカロニ炒めを作ったことがある。

「さあ、食べなさい」

弟は情けなそうな顔で頷くと、フォークを握って皿の中を吟味した。フォークの先で野菜や挽肉をよけながらマカロニだけを取り上げて口に入れる。何度も、マカロニだけを拾い上げる。

「なんで野菜やお肉を食べないのよ」

厳しい口調で尋ねると、弟はほとんど泣きそうになりながら、

「混ざってるの、嫌いなんだもん。マカロニだけ食べたい」

「そんなこと言ってたら大きくなれないよ。好き嫌いするんじゃない！」

とうとう弟は泣き出した。

しかたなく、その後、弟に作るマカロニは、いつもバターと醬油だけで味付けした。弟に言わせると、野菜や肉が嫌いなわけではないけれど、一緒くたに混ぜ合わさったのは好みに合わないのだそうだ。何を生意気な。でも、弟の指示通りに作ったシンプルマカロニバター醬油味炒めというのをつまんでみると、なるほどおいしい。子どもは単純な味を好むものである。もしかしてエーミールが食べていたのは、このシンプルマカロニソテーにハムが入ったものだったのだろうか。

牛乳嫌い

子供の頃から牛乳が苦手だった。飲めないわけではないけれど、大好きかと聞かれたら、今でも首を傾げて「うーん」と唸る。

ウチの男兄弟は皆、牛乳好きで、晩ご飯のときに冷蔵庫から出してきて、おかずと一緒にグビグビ喉に流し込んでいた。晩ご飯のおかずに牛乳は合わないだろうに。兄弟に限らずそういうグビグビっ子はまわりに多かった気がする。そして牛乳好きの子供はおしなべて親に、「牛乳ばっかり飲まないで水を飲みなさい、水を！」と叱られていた。親にしてみれば牛乳代が心配だったのだろう。私はそんな兄弟や友達を眺めながらいつも考えた。あんなふうに牛乳をたくさん飲むから背が伸びるんだ。私の背が低い理由は、牛乳を飲まないせいにちがいない。

実際、私は小さい頃から小さかった。学校で背の順に並ぶとき、前から三番目以降になったことがない。十代に伸び盛りを自覚した記憶が一度もない。寝ている間にギシギシと音を立てて骨が伸びるなんて経験もない。夏休みが終わるたび、小さい同士だったはずの友達が私の背丈を抜いていくのが悔しかった。なんでみんな、すくすく成長するの？　なぜ私だけ小さいままなんだ？　その理由はどうやら牛乳を飲まないせいらしいと薄々感じて胸が痛くなった。

飲まなければ背が伸びない。だから飲もう。飲むぞ。飲んでやる。義務と思うとなおさら飲むのがつらくなる。牛乳瓶の口が自分の口に触れるたび、なんとも言えぬ牛乳臭を鼻に感じて、「これが嫌いなんだよね」と思ったものである。

生の牛乳は嫌いなのに、牛乳を使った料理は好きである。マカロニグラタン、コーンスープ、ホワイトシチュー、マッシュポテト、クリームコロッケ……。ジャガイモの冷たいスープなんて、夏に限らず「飲みたい！」。ミルクトースト（パンをトーストしてバターを塗り、その上に砂糖と熱々に温めた牛乳をたっぷりかける、と以前にも書いたが）は風邪を引いたりしたとき無性に食べたくなる。

デザートを作るに際し、牛乳がなかったらどんなに空しいことだろう。牛乳プリン、ブラマンジェ、杏仁豆腐、パンケーキ。すべて牛乳が欠かせない。

中学二年生のとき、ミルクセーキを知った。原宿にあったアメリカンバーガーショップへ学校帰りにこっそり寄り道し、その店の名物になっていたミルクセーキを初めて口にして、なんてお洒落な飲み物があるのかと感動した。まもなく、誰に教わったのか忘れたが、作り方を入手。以来、ウチで頻繁に作るようになる。まず、卵を割り、卵黄と卵白に分ける。この「卵黄と卵白に分ける」という技を覚えたとき、少し大人になった気がした。生卵を右手で持ち、ボウルの角でこんこんと、ちょうど真ん中あたりを目指して割る。できた割れ目に親指を立て、注意深く左右に開く。たちまち中の白身がこぼれ出て、下に控えていたボウルの中に落ちる。そのとき、黄身を下へ落とさないよう殻で受け止める。続いて黄身の入っているほうの殻半分を斜めに傾け、黄身だけをもう片方の殻に移し、殻に残っていた白身をボウルへ落とす。これを何度か繰り返し、ボウルに白身だけを取り、黄身は小さな容器にて、ちょっと待っててね。

これからが力仕事である。泡立て器を握り、卵白をメレンゲ状になるまで泡立てる。途中で腕が痛くなるとしばし休憩し、でもおいしいミルクセーキを飲むためにはしかたあるまいと、また力を振り絞る。いったいいつまでかき混ぜれば固まるのだろうかと心配になる頃、ドロンとした卵白が突如、軽くなる。そしてふわりとしたまっ白なメレンゲ状に変貌する。その瞬間はこよなく美しい。泡立て器にメレンゲがくっついて、ピンと先が立つほどの硬さになったら、待機させておいた卵黄と砂糖を投入する。みるみるメレンゲは光沢を放ち、薄黄色の羽布団のようになる。そこへバニラエッセンスを数滴、さらによく冷やした牛乳をたぽたぽたぽ。味見をし……、うん、上出来だね！

「ミルクセーキ飲みたい。姉ちゃん、作ってよぉ」

弟にせがまれるたび、

「えー、めんどくさいよぉ。姉ちゃん、疲れてるんだから！」

私は文句を言いつつ、台所へ向かう。あの頃、弟のために何度泡立て器を握ったことだろう。めんどくさいと思いながら作るのを厭わなかったのは、あのバニラエッセンスと卵と砂糖と牛乳の混ざった魅力的な香りがたまらなく好きだったからだろう。牛乳は嫌いなはずなのに。

何かと混ざると私にとって牛乳はこよなく魅力的なものになる。たとえばミルクセーキやコーヒー牛乳や苺牛乳は、「これなら我慢して飲める」のではなくて、むしろ率先して飲みたい飲み物と化す。バナナミルク（バナナを輪切りにして牛乳に浸す）は、ときどき躊躇する。バナナジュースにその躊躇はない。

思い出した。この話はもはや書いているので繰り返すに憚られるけれど、幼少の苦い記憶の一つに、苺事件なるものがある。

たしか四歳の頃だった。家族でどこかへ出かけた帰り、苺をワンパックいただいた。父の運転する日野ルノーの後部座席に腰掛けて、私は膝に苺の包みを抱えていた。そして、呟いたのである。

「この苺、生クリームで食べたいな」

それより少し前、近所の阪田さんの奥様から手作りの苺のショートケーキをいただいた。その衝撃的なおいしさが記憶に鮮明だったからだ。当時、お菓子屋さんで売っているケーキはだいたいバタークリームでできていた。しかし阪田さんのショートケーキはクリームがふわふわで甘すぎず、いかにも手作り感のある粗い生地のスポンジとよく合って、たいそう新鮮な味がした。そのまっ白なクリームが、生クリームというものであると知り、以来、生クリームに憧れていたのである。牛乳ではなく、苺に生クリームをかけて食べたらどんなにおいしいことだろう。苺のパックを膝に載せ、私は妄想した。と、たちまち運転席から父の怒声が飛んできた。

「なんだと?!」

何ごとかと思った。

「苺を生クリームで食べたいだと？　なんという贅沢なことを言うんだ、え？　だいたいお前の教育が悪いからこういう子供になるんだぞ」

父の怒りの矛先は私に収まらず、母にまで及び、その夜は一家離散の危機も覚悟しかねないほどの悲惨な顛末と相成った。

その後、バス通り沿いにある牛乳屋さんの前を通るたび、苺事件の恐怖が蘇った。店先でしばし足を止め、生クリームと牛乳を見比べる。たしか昭和三十年代の半ばに牛乳一瓶が十三円くらい、生クリームは五十円か六十円ぐらいしたと記憶する（定かでない）が、その値段を見届けたあと、私は再び歩き出す。そして自らに向かい、「贅沢は敵だ、贅沢は敵だ」と小さい声で諭すのであった。

嫌いなはずの牛乳をおいしいと思う瞬間がまったくなかったわけではない。我々の小学生時代、給食には主に脱脂粉乳が配られた。もはや脱脂粉乳など知らない人のほうが多いと思われるけれど、戦後から十数年以内に小学生だった世代は、好き嫌いにかかわらず全員がこの洗礼を受けたはずである。

大きな寸胴ポットに入れられた熱々の脱脂粉乳がアルミのカップに注がれて、その日のおかずとコッペパン（ときにビニール袋に入った食パン二、三枚）とともにお盆に並ぶ。「いただきます」の号令と同時に私は脱脂粉乳を一気に飲み干すことにしていた。冷めると不味さが増すからである。熱々のうちに飲み切ってしまえば、その臭みが軽減される。ところがこの作戦はまもなく裏目に出る。脱脂粉乳ノルマを果たしたのち、おかずを食べている最中に、担任の先生が机の間を巡回する。手には巨大ポットがぶら下がっている。そして先生が私の机のそばへ近づいてきたとき、恐ろしいことが起きるのだ。

「お、アガワ君。君はよほど脱脂粉乳が好きなんだねえ。もう飲んじゃったのか。よし、もう一杯、特別サービスだ」

「えーーーーーーーー！」

そして私は嫌いな脱脂粉乳をよりによって二杯も飲まされるハメとなる。

そんな苦行が続くうち、月に一度ほどのペースで脱脂粉乳の代わりに牛乳が配られるようになった。生徒一同、拍手喝采の大喜びである。私はパンと牛乳を交互に口へ入れながら、牛乳ってなんておいしいのだろうかとしみじみ感慨に耽ったものである。

それ以来、私は牛乳が好きになりました……という美談にあらず。学校で飲む牛乳はおいしいと思うのだが、家に帰ってくると積極的に飲む気にならないのは相変わらずであった。なぜか。家で脱脂粉乳を飲むことがないからだ。牛乳の有り難みがわからない。この意識の差に教訓があるとするならば、嫌いなものがあったら、その前に一定期間、もっと嫌いなものを食べておけば、嫌いでなくなるかもしれないということだ。

そういえば、生まれて初めて好きになったカクテルも牛乳のカクテルだった。その名もカルーアミルク。コーヒー牛乳そっくりなのに、なんだかいい気分。ちょっと酔っ払っちゃったかしら。そのほどよい甘さ、かすかな苦味が癖になり、とうとうその黄色と赤のラベルも派手なコーヒーリキュールの大きな瓶を買ってきて、自宅で牛乳に垂らしてちょくちょく飲むようになったのは、二十代の夏の思い出だ。

先日、俳優の木下ほうかさんと初対面にて、「お酒は？」という話題になり、伺うところ、氏は二十五歳までお酒を飲めなかったが、カルーアミルクと出合ってすっかりはまり、以来、大の酒好きになってしまったという。

「いや、今は甘いお酒なんてまったく興味ないですけどね」

関西弁で釈明を重ねていらしたが、気持はわかる。カルーアミルクは危険である。甘いのでつい飲みすぎる。コーヒー牛乳のようなものだからと油断して、べろべろになった若い日の飲み会を思い出す。

今でもたまに洒落たバーなんぞのカウンターに座るとき、

「うーん、何にしようかなあ。ドライマルティーニが好きなんだけど……」

心の中で自問する。すでにワインを飲んだあとなど、そこまでアルコール度の強いカクテルは避けたほうがいいだろう。と、続いて思い浮かぶのは、カルーアミルクである。我ながら極端だとは思うが、その二つ以外のカクテルをよく知らない。

「じゃ、私、カルーアミルク……？」

と言いかけて、おもむろにバーテンダー氏や同行諸氏を見回すと、なにやら共感を得ていない雰囲気。カワイコぶっちゃってと言わんばかりの視線を感じる。よし、もとい。でも、すでに口と胃はミルク系の方向に向いている。

「じゃ、あれ、ほら。アイリッシュクリームを使ったカクテルで、お願いします」

年相応に微調整したつもりだが、周囲はニンマリしたままである。

「アガワさん、ミルクがよほどお好きなんですね」

いや、そういうわけではないですけれどね。でももしかして私、牛乳が好きなのか？

楽屋まで

知人の出演する芝居や音楽会の楽屋見舞いに何を持っていくか。いつも頭を悩ませる。いちばん頻度の高いのがシャンパンである。お祝いの色合いが濃いうえ、値段はお手頃。よほど高級品を持っていくなら話は別だが、そこそこの値段でもワインほどの味の落差や種類がないから、選ぶのに苦労しない。しかも、日持ちがする。シャンパン好きなら、何本もらってもきっと喜んでくださるだろう。でも時折、「僕はお酒が駄目なので、仲間に譲ります」なんてことがある。お仲間に譲られても文句はないが、せっかくならご本人の喜ぶものをお届けしたかったと、ちょっと残念な気持になる。

そう、ご本人に喜ばれ、さらに楽屋の皆様にもお喜びいただけるものはなんであるか。お稲荷さんを持参したことがある。出番の合間にちょこちょこつまむことのできる食べ物は便利ではないか。同じ発想で海苔巻きを買っていったこともある。かんぴょう巻き、お新香巻き、太巻き、穴子キュウリ……。注文しているうちに自分も食べたくなり、別箱に包んでもらい、休憩時間にロビーで頬張った。うん、これは正解だった、受けるに違いないと、穴キュウを噛みしめながら自信を持った。

しかしあるとき、ある歌手の方が、「出番の前にご飯ものをいただくと、喉が詰まって声がうまく出ないのよね」と、呟くのを耳にしてしまった。なるほどそうか。お稲荷さんや海苔巻きを楽屋見舞いにしようとするたび、逡巡する。ステージを降りたあとに召し上がってくださいと、断りをいれようか。でも、コンサートが終わったら、すぐ打ち上げ会場に移動するかもしれない。だとしたら生ものは困った荷物になる。家に持ち帰ったのち、夜食にしてくださる可能性もあるけれど、鮮度は落ちるだろう。

一口でつまむことのできる果物、たとえばカットされたパイナップルやイチゴは概して喜ばれる。難点は、日持ちしないという点だ。楽屋に冷蔵庫があるとは限らない。差し上げた直後に皆さんの口に入ればいいけれど、「早めに召し上がってくださいね」なんて無理強いはできない。

「楽屋見舞いに何が欲しいですか？」

劇場に伺う前、率直にお尋ねしたことがある。相手は三谷幸喜さんだ。三谷さんは一瞬、黙ってからきっぱり答えてくださった。

「塩辛いもの」

なるほどね。きっとお菓子のたぐいはたくさん届いているのだろう。甘くないものが欲しくなる気持はよくわかる。私は張り切った。この際、塩辛いものを集めてみようではないか。

当日、せんべい、イカの塩辛、お漬け物、ごま塩、明太子（これは唐辛子辛い）、柿ピー、あと何を持っていったか忘れてしまったが、いろいろもろもろ紙袋に詰めて差し出したら、三谷さん、なかを覗いて苦笑いをなさった。喜んだ証拠と理解しよう。

先日、森山良子さんのコンサートへ伺うとき、用意が悪く、直前になって慌てた。そうだ、楽屋見舞いを買っていなかった。車を運転している最中に気がついて、しかし近くに酒屋は見当たらない。目に入ったのは家具屋のような花屋のような不思議な店である。車を止めて中を覗くと、手作り家具とともに植木を売っている店だった。小さな植木鉢にピンクのミニバラが一輪咲いている。

「あら、可愛い。これ、ください」

鉢を持ってレジへ行くと、

「ありがとうございます。三百円です」

三百円？　楽屋見舞いとして、そりゃあまりにも安すぎる。しかし他に手頃な花は見当たらない。値段が高くなると、重量もかさむ。大きな鉢を持っていったら迷惑だろう。

「まあ、ありがとう。可愛いわあ」

手渡すと、はたして森山さんは喜んでくださった。でもまさか三百円とは言えなかった。

今日、行くコンサートの楽屋見舞いは前々から決めてある。手製の切り干し大根だ。演奏者である友達のバイオリニストに五年ほど前から、「アガワさんの切り干し大根が食べたいよお」とねだられていたのである。以前、私が本に書いたのを読んで「食べたい」と思ってくださったそうだ。よしよし、今度、会うときに作って持っていきますよ。約束したくせに、会うたび裏切り続けてきた。今宵こそ、チャンスである。

そして本日、材料を買ってきて、この原稿を書きながら作っているところだ。切り干し大根を水でざっと洗い、熱湯に通す。油揚げも湯がいてから細切りにしておく。鍋に油をひき、切り干し大根と油揚げを入れて炒め、そこへ酒、砂糖、醤油、出し汁を加え、しばし煮込む。

さてこれをプラスチック容器に入れて、汁が浸み出さないようビニールで覆い、可愛い手ぬぐいにでも包んでみようかしら。しかし、クラシックコンサートの楽屋見舞いにこんなものを持ってくる観客はいないだろう。きっと皆、それなりの服装で、ブラボーなんてかけ声とともに格調の高い拍手をするだろう。独特のクラシックムード溢れる会場で、まだほのかに温かい出来たて切り干し大根の匂いがじわじわと周囲に漂ったらどうしよう。演奏後、楽屋にて、外国人指揮者と握手を交わしたり音楽評論家に囲まれたりしているバイオリニストのそばに歩み寄り、「はい、これ」と切り干し大根を差し出したら、やっぱり困惑されるかもしれない。でも作っちゃったもんね。シャンパンにしようかな。悩む。

二度使い

私はラップを二度使いするオンナである。

そんな話をテレビのバラエティ番組で他意なく披露したところ、

「えー、アガワさんって、一度使ったラップをもう一度、使うんですか？」

司会者の声に「ものを大事にする人なんですねえ」といった賞賛の色合いはかけらも見当たらず、むしろ呆れ返ってものが言えぬとでも言いたそうな気配が濃厚である。一緒に出演していた若いタレント嬢に至っては、唖然を通り越したか、まさに苦虫をかみつぶしたかのごとき顔の歪め具合で私を凝視している。そんなに非難されるべきことか？

「でも、使い方によっては、たいして汚れていないこともあるじゃない？」

私はやんわり反論する。ここでムキになっても大人気がなかろう。具体的な例をあげて話せば理解を得られるのではないか。

「たとえばね……」

おかずを食べ残したとき、器の上にラップをかぶせて冷蔵庫に保存したとする。翌日、そのおかずを食べるため、ラップを取り去っても、おかずの汁や中身がラップに付着しているわけではない。ラップが触れたのは、器の外側上部だけである。剝がせば再びきれいな姿。ラップには汚れも疲弊も見られない。それでも念のために水で流し洗いをし、干しておく。乾いたら、流しの横のあたりにそっと置き、次の出番まで待機させるのだ。その後、新たな調理をしている途中で、レモンの切り残しを、あるいは刻みすぎた生姜やニンニクのみじん切りを冷蔵庫にしまおうと、ふと見渡せば、お、ここにラップがあったじゃないですかと、かくのごとく重宝するわけである。

が、そういう説明をしている横から、

「まさか洗って使うんですか？　ないない、ありえなーい」

手をがむしゃらに横振りし、私の意見を否定するタレント嬢。首を横に振って溜め息をつくお笑い芸人氏。どう見ても、私はアウェイの会場で闘う孤高のスポーツ選手と成り果てる。誰一人として同意してくれる者はいなかった。そして最後の一撃とばかりに司会者が私に告げる。

「そこまでケチって、いったいどんだけお金貯めるつもりですか？」

たちまちガッハガッハとスタジオじゅうに笑い声が上がり、収録は終わった。

まあ、所詮バラエティ番組である。笑われてナンボの世界だ。気にすることもあるまい。そう思って数週間、もはやラップの屈辱も私の頭から薄らいだと思いかけていた矢先、雑

誌の取材を受けた。すかさず、

「アガワさん、ラップを二度使うって、本当ですか？」

　その雑誌取材の趣旨はまったく別のところにあったはずなのに、最初の問いがこれである。はたまた別の会合で会った人には、

「テレビで見たけど、アガワさんってラップを二度も使うんだって？　嘘でしょ？」

　その後も、かの番組を「見た！」という人からは、「ラップ二度使い」の話ばかりされる。番組では他にも面白い話題を提供したと思うのだが、視聴者の記憶に残ったのは「ラップ」だけらしい。かつてこれほどまでに私の発言が周囲の驚愕の的になったことがあっただろうか。

「ありました、ありました」

　そう語るのは、長い付き合いになる編集者ヤギである。

「ブラジャー事件以来ですよ。ラップ二度使い発言は、それに勝るとも劣らぬ衝撃です！」

　自ら蒸し返したくはないけれど、かつてエッセイに書いたことがある。ブラジャーなんて毎日洗う必要はないだろうと友達に話したら、「じゃ、アガワはどれぐらいの頻度で洗うの？」と問われ、

「まあ、三週間に一度くらいかな。だって、そんなに汚れないもん。家に帰ったらすぐ取

るし」

その場にいた五、六人の旧友女子が呆れてのけぞった……という顚末を書いてみたら、各方面から顰蹙を買った次第である。そのときのことをヤギは指摘している。念のために断っておくが、今は二週間に一度ぐらいは洗うよう心がけている。少し反省した。しかし、ラップについては妥協も反省もしない所存である。

そもそもラップの気持になって考えてもらいたい。工場にて、芯にぴっちり巻かれて長細い暗い箱に閉じ込められて幾星霜。ある日突然、箱が開き、光が差し込む。清潔な指先で端をつまみ上げられ、ロールがゴロゴロと動き出す。「じゃ、お先に！」「うん、頑張ってきてね、お兄ちゃん！　僕たちもすぐ後に続くから！　運が良ければまた冷蔵庫で会おう！」。ラップ家族と別れを告げ、勢いよくシュルンと引っ張り出されてシャッと切断されて、いよいよ長男ラップは自立の瞬間を迎えるのだ。よし、活躍するぞ。僕のお役目はいったいなんだろう。まもなく長男ラップは大きなボウルの上に貼り付けられる。下を見ると、マヨネーズで和えられたジャガイモ、玉ねぎ、キュウリ、茹で玉子、ニンジン、おお、リンゴ君もお揃いだ。そうか、僕はこの出来たてのポテトサラダをお守りするんだな。ガッテン承知いたしました。野菜の皆さん、お元気ですか。僕がここで膜を張っているかぎり、外部の雑菌や埃は侵入できません。もちろん虫の乱入も阻止します。お皿に移されるまで、どうか安心してお過ごしください。長男ラップはサラダ軍団に声をかけながら、内心でかすかに安堵している。よかった、電子レンジ行きじゃなくて……。

生のとうもろこしやジャガイモを包んでレンジへ行けと指令されれば、それはそれで自らの使命と心得ている。生きて虜囚の辱めを受けることなかれの教えのごとく、一度、レンジの光線を浴びてしまえばヨレヨレクシャクシャになるのは自明の理。レンジから出たらそのままゴミ箱に直行する定めである。甘んじて受ける覚悟はできている。が、もしかして、できたおかずの蓋になったり、清潔な食材を包んだりする役割を与えられたとなれば、しばらくの冷蔵庫生活を過ごしたのち、また次のタスクを任される可能性がある。少なくともこの台所の主はそうやって、我々ラップ一族の生涯を、一度きりの使い捨てにしない主義だと聞いている。一度のみならず、二度、三度の出撃のチャンスを与えてくれるのだ。ああ、よかった。この台所で働けるなんて、僕はなんと幸せ者だろう。

と、私のラップは喜んでいるはずだ。いや、まちがいなく喜んでいるのですよ。

そもそも私の子供時代にラップなんぞという便利なものは存在していなかった。そう思って軽く調べてみたところ、日本に家庭用ラップフィルムというものが発売されたのは、一九六〇年頃だったそうな。しかし発売当初は値段が高い上に用途が判然とせず、売れ行きは芳しくなかったようだ。そのラップが全国的に浸透し、どの家庭にも常備されるようになったのは、冷蔵庫と、加えて電子レンジの普及によるところが大きいという。言われてみればそんな気もするが、よく覚えていない。いつのまにかラップは日常生活に不可欠な存在になっていた。

ラップが登場する以前、炊いたご飯が余ったら冷凍にして保存しようという知恵はなかった。だからお釜に残ったご飯はいつも冷えていた。私はこの冷やご飯が案外好きで、今でも熱々のカレーには冷えたご飯のほうが合うと信じているし、冷やご飯に半熟の炒り玉子と刻んだキュウリ、そして紅生姜を混ぜて食べる（「デビルオムレツ」で書いた炒り玉子ご飯です）と、幼少の台所の記憶がたちまち蘇る。冷やご飯への思いが断ち切れず、電子ジャーを買っても長らく、「保温」スイッチは使うことがなかった。今では保温スイッチを使う間もなく、残ったご飯はラップに包んで冷凍庫へ放り込む。

美容院へ行き、髪を染めてもらうと必ず登場するのがラップである。どうやらあれは家庭用ラップとは別商品らしいが、それにしても美容師さんが細長いラップの箱からシュルシュルとフィルムを引き出し、頭に巻いて、再びシュルシュル引き出し、頭に巻いて、もしかして一人の客に一箱使い切るのではないかという勢いで惜しげもなく消費する様子を見ていると、いつも私は思う。ラップがない時代、どうやって髪を染めていたんでしょうね。

スーパーへ行き、あれやこれやと買い物をして帰ってくると、大量に出るのが包装用品のゴミである。昨今、スーパーでもエコバッグを推奨する動きや、レジ袋は不要と申告すれば二円ほど還元してくれるようになったが、それでも包装用品関連のゴミが減った実感はない。豆腐や糸こんにゃくを入れる薄いポリ袋やレジ袋は、スーパーから家に帰るまでのほんの数分間使っただけの袋類である。ゴミとは思えぬほどきれいなものばかり。それを私は小さく畳んで引き出しに入れる。すでに引き出しは満杯だが、無理やり押し込む。台所の引き出しのいくつかは、こうしたビニール袋やレジ袋や輪ゴムやリボンでいつも満杯だ。昔、食料品を買ってきたとき、こんなにゴミが出たかしらと、ふと思う。そういえば昔は野菜を新聞紙で包んでいたっけ。

水と安全は無料と信じていた日本人は時を経て、水が無料でない生活に慣れるかわりに、ラップとティッシュはほとんど無料に近いと思い始めている節がある。今どきの人はなぜティッシュを一枚、二枚と連続取りするのか。私はあれが気に入らない。だから二枚取りする人を見かけると、

「一枚でじゅうぶんコトは足ります！」

大声で叱りつけてやりたくなる。実際に叱ることはほとんどないけれど。

先日、母がウチへ来て、ティッシュの二枚取りをした。私は仰天した。昭和初期の生まれの母が、いつから消費文化の僕と成り下がったのか。

「二枚も取るな！　一枚でいいでしょ！」

叱りつけると母は肩をすぼめて、

「いいじゃない、ティッシュぐらい。ケチ！」

私をケチ呼ばわりしおった。だから私のこの倹約精神は、母の教育の賜物ではないことが判明した。私自身の崇高なる哲学だ。

話をラップに戻す。そういうわけでラップは私の中ではバンバン使ってよいものではないのである。でもまったく使わないわけにはいかない。こんな便利なものはないからだ。だからせめて、二度か三度は使った上で捨てようと思う。

「ラップを三度も使うこと、あるんですか？」

編集者ヤギが私を揶揄しようと待ち構えている。

「ときにはね」

「じゃ、捨てるときの基準はなんですか」

「基準？　そりゃ、洗っても汚れが落ちないとかヨレヨレになったとか、そういう段階かなあ」

「そんな段階じゃ、もはやラップの接着力はなくなってるでしょうに」

「接着力なくたって、生姜のカスぐらいは包めますよ」

「生姜のカスも取っておくんですか……」

理解の歩み寄りはどうやら無理らしい。無用な問答はこのへんで終わりにして、私はとにかくラップは二度三度と使い続けて死ぬ。

箸箸のすむ処

前回、ラップ二度使いの話を書いたら、「ならばアガワさん、割り箸はどうしているのですか？」と知人に問われた。ラップを二度も使う人間ならば、当然、割り箸も一回使った程度で捨てないだろうと思われたらしい。

まことにもってご推察の通り。このケチな私が捨てるものですか。とはいえ、使った割り箸をすべて取っておくわけではない。外で、たとえばテレビ局の楽屋でいただく仕出し屋さんのお弁当の割り箸までいちいち持って帰ることはない。お弁当の割り箸は、お弁当とともに天寿を全うしていただくのがよかろう。ただ、捨てようとするとき、ふと気づく。割り箸袋の中に、爪楊枝が一本、添えられている。この爪楊枝は新品だ。まだ任務を果たしていない。さりとてここで爪楊枝を使う必要が、私には生じない。よほど奥歯に菜っ葉が詰まって取れないとか、前歯におかずのカスが挟まっているとか、そういう切迫したとき以外、あまり使う習慣がないのである。いえ、菜っ葉が歯に詰まらないタチだと申し上げているのではない。むしろ大いに詰まるタチである。寄る年波に、詰まる確率が高まってきた。あれはなぜでしょう。おそらく歯と歯の間の隙間が少しずつ開き始めているせいだろう。台本や資料を読みながらも、あるいはスタッフと打ち合わせをしながらも、気になるので、舌をぐるんぐるん駆使してなんとか奥歯から菜っ葉（たいてい三つ葉とかニラとかほうれん草とか、緑黄野菜の場合が多い）を引き剝がそうと努力する。が、これがなかなか手強い。食後に歯を磨いたにもかかわらず、口をクチュクチュ水ですすいでなお、残っている感触がある。悔しくなり、とうとう人目を盗んで素早く親指と人差し指を口に突っ込み、目を見開き、鬼の形相で挟まっている菜っ葉をつまみ出そうとするのだが、そういうときに限って他人様の視線がこちらに向けられている。

「詰まりましたか。あれって気になりますよねえ」

目撃した輩は苦笑いしながら私を慰めてくれる。

「そうなのよ。なかなか取れなくて。ちょっとごめんなさい」

その段階にて私はようやく爪楊枝に手を伸ばし、本腰を入れて菜っ葉一掃に乗り出す。

「ああ、やっと取れた！」

捕獲した菜っ葉をティッシュに包み、ついでに活躍してくれた爪楊枝もくるんで、さりげなく指についた唾液を拭き取りつつ、ゴミ箱にポイ。だから最初から爪楊枝を使えばいいのにと言われるが、それにはどうも抵抗がある。

誰が開発したのか知らないが、爪楊枝とはたいそう便利なものである。が、その便利な爪楊枝には一定のイメージが伴う。すなわち、口の端にくわえたまま、シーハーシーハーするオジサン。あるいは、お化粧はぬかりなく、お召し物も一流とお見受けするご婦人が、突然唇を裏返し、顔をゆがめて長時間にわたり格闘する姿。あのがっかり感を他人様に向けてはならないという意識が働く。

なーに言ってんの、指を口に突っ込むほうがみっともないですよと、反論されるのは承知の上だ。だが、私の美意識の中では、一瞬の指のほうが「マシ！」である。

それほどに使う頻度の低い爪楊枝であっても、使わないまま捨てるには忍びない。爪楊枝は泣くであろう。僕、まだ何のお役にも立っていないのに。どうしてゴミ箱行きなんですか。そんな声が爪楊枝から聞こえてくる気がして、つい、バッグに放り込む。きっといつか何かの役に立つだろう。たとえば出先にてお酒のおつまみにオリーブとかチーズとかを差し出され、「ごめんなさい。フォークが今、なくて」なんて言われたら、私は爽やかに応えて差し上げる。

「大丈夫です。私、爪楊枝、持ってますから」

たとえば時計とかパソコンとかの極小リセットボタンを長い爪で、押しても押してもうまくいかない若者を見つけたとき、

「これ、使ってみたら？」

爪楊枝を差し出して人助けもできる。

あるいは、タイルの目地掃除、ゴルフクラブのフェイスに詰まったゴミ取り、パソコンのキーボードの間の埃取りなど、爪楊枝は口に突っ込まなくてもたくさん仕事がある。だからバッグに入れておけば、いつか必ず世のため人のためになる日が訪れるはずだ。そう思っているから、私のバッグの中には埃まみれになった新品爪楊枝が常時二、三本入っているはめとなる。

何の話をしていたんだっけ。そう、割り箸だった。長らくお待たせいたしました。

外で食べたお弁当の割り箸は捨てるが、考えてみると、かつて料理屋さんの使い捨て箸を持ち帰ったことがあるのを思い出した。店によって驚くほど上質な白木の箸を供されることがある。特に私は、先の細く尖った箸が好みである。たいていの使い捨て箸は、形状が丸いか四角いかはさておいて、箸の先は直径にして四ミリぐらいあるのが普通である。それがほんの一、二ミリ程度だったとしてごらんなさい。まず美しい。そして使いやすい。その箸を作った職人の意気込みが伝わってくる。たとえ機械で削ったものであったとしてもである。そういう箸に出くわすと、食事が終わったのちもその箸に気を取られ、にわかに席を去りがたくなる。どうせ店側も、どこの誰が使ったかわからぬ簡易な箸は処分するにちがいない。もう一度洗って使うことはあるまい。そこで意を決して申し出る。

「このお箸、ステキですねえ。持って帰っていいですか」

「どうぞどうぞ」という返事を期待して申し出る。案の定、どうぞどうぞと言われて持ち帰る。そういう日は、たいそう得した気持になる。

でも、家に帰って気づく。使い捨て箸はもはやじゅうぶんにあることを。今、数えてみたのですが、普段、菜箸使いにしている割り箸が、ガス台の横の筒状容器に二十三膳差してあった。その他、戸棚には未使用の割り箸……寿司屋、トンカツ屋、和食屋などの名前の入ったものと、客人用に買い置いた四十膳セットが二袋、さらに正月用の豪華割り箸などを合計すると、ゆうに百を超える数となる。そんなにあったか……。さらにさらに冷凍庫の中には、さる大分の旅館から贈られた竹の箸（これぞ私好みの先細箸）が布にくるまれて何年も大事に保存されている。竹箸はカビがつきやすいので、長く保存する際は冷凍庫に入れておくといいと言われて幾星霜。もったいないからなかなか使えない。凍ったままデビューする日を待ち続けている。

そんなにたくさんあるのだから、どんどん消費すればいい。これ以上持ち帰ってくるな。家族にも我が家を訪れた友人にも知人にもよく叱られるのだけれど、なかなか難しい。箸はラップ以上の耐久力を持っている。二度、三度ではへこたれない。洗えばまたきれいに再生する。もうじゅうぶんに使ったぞ、今度こそ捨てよう！　そう思ってとりあえず洗って干しておくと、またきれいな姿で私の前に現れる。困ったヤツだなあ。

家で料理を作るときは当然のことながら割り箸が大活躍をする。炒め物をする際も、皿に料理を盛るときも、ドレッシングをかき混ぜるにも、ちょっと味見をする場合にも、割り箸は私とともに休むことなく立ち働く。いわば戦友だ。私が割り箸を手に握っている時間を計ったら、けっこう長いのではないか。私は料理の準備をほどほどに終え、調理に使った割り箸を握ったまま食卓へ移動する。そして、その割り箸を手に、「いただきまーす」と食事を始め、しばらく後、ふと手元を見ると、自らが箸置きにセットした私専用の江戸木箸、縞黒檀の八角箸が微動だにせぬ静けさで待機していることに気づく。

結婚する前、ウチの亭主殿から贈られた揃いの箸である。私の好きな先細で、つまんだものが滑らず、握ったときの重さも太さもちょうどよく、そして姿が美しい。だからこそ愛用するのだが、気がつくと、菜箸用の割り箸でおかずを口に運んでいる。

この八角箸より以前、娘時代には長らく塗りの箸を使っていた。黒と赤の木目模様の四角箸だが、もはや外側の漆がだいぶ剝げてしまった。誰が買ってくれたのか定かな記憶は遠い。あの頃、父の箸は黒い漆に金粉の混ざったもの、母は赤茶色をした小ぶりの塗り箸を使っていた。家族の箸を食卓に並べるのは娘の仕事だったことを思い出す。今再び食卓に登場することはなさそうだが、私の娘時代の塗り箸は、家族の食卓の、おいしく可笑しく、ときに恐怖に満ちた壮絶な思い出とともに、抽斗の中で眠っている。

ときどき失敗する。レストランにて、とくに中華料理屋さんでのことが多いのだが、運ばれてきた料理を取ろうとする。大皿の横に取り分け用の割り箸がついている。それを持ち、お喋りをしつつ、自分の小皿に少量、盛る。これくらい取っても怒られないかしら。

「うん、おいしいね」

「ホント。おいしいね」

　まわりの同伴者と頷き合い、会話をし、笑ったりナプキンで口元を拭いたりするうち、はたと気づく。

　私が握っている割り箸はなんだ？　誰のだ？　なぜそういう疑問を抱いたか。私の皿の上に、割り箸が一膳あるからだ。なぜ私のところだけ、箸が二膳あるのだろう。いつから二膳になったのか。不審に思い、考えて、そしてようやく理解する。自分が手にしているのが取り分け用の割り箸であることを。だからといって、一度でも口に入れた取り分け用箸を、いまさら大皿に戻すわけにもいくまい。ならば自分用の箸を大皿の横に添えようか。いやいや、そちらもすでに口をつけた覚えがある。うーむ。そして私はまわりを見渡して、誰も気づいていないとわかったら、さりげなく取り分け用箸の先をナプキンで軽く拭き、何ごともなかったかの素振りで大皿に戻す。そんなの、新しい割り箸を注文すれば済むことじゃないか。そうおっしゃる向きもあるだろうけれど、それではせっかく食卓に登場した割り箸の一膳が無駄になってしまう。可哀想ではないか。ですから今後、私と中華料理を食べることがあったら、どうかお気をつけあそばせ。よくやるんです、この失敗。

　ちなみにお店によって中華料理の取り分け用として、やたらに長い箸が供されるのをご存じであろうか。聞くところによると、あれは席に座ったままでもテーブル中央にある大皿料理に届くよう、長くしてあるのだそうだ。取り分け用箸が、そこまで長かったら、さすがの私も使い間違えることはないのにね。

贅沢アレルギー

ラップ二度使いとか爪楊枝の活用法とか、吝嗇（りんしょく）な話ばかり書いていたらつくづく自分はケチな人間だという気がして情けなくなってきた。そんなことはない。私とて使うときは使うのだ。上等なものにはそれなりの投資がつきもの。と、他人様に言われて心から共感することが、ないわけではない。そこで今回は、これまでどんな贅沢な食事をしたことがあるか、記憶を呼び覚ましてみようと思う。

今まででもっとも高価な食事と言えば、さる金持ちの紳士が主催した中華料理会食であろう。その夜は主催者を含め総計七人が円卓を囲んだ。だいぶ昔の話で献立をすべて覚えているわけではないが、次々に運ばれてくる料理がいずれも豪華の極みだったことはまちがいない。食通である主催者の特別注文だったらしい。子豚の丸焼き。極上干しアワビ二種の煮込み。黄金鰻のスープ。絹糸のごときフカヒレ。ツバメの巣のデザート……。一品供されるたびに食材の出身地や調理法の解説が施され、その都度、歓声と溜め息があがり、そしておもむろに全員の箸が動き出す。

「いやはや、こんな贅沢な中華は初めてです」

お腹をさすりさすり異口同音に賞賛の声が上がる頃、主催者がさりげなくテーブルの下方から店の人にクレジットカードを手渡した。まもなくお盆に載った黒いカードと明細書が戻ってくる。サインをしている。私は主催者紳士の隣席にいた。無粋とは思ったが、気にはなる。さりげなく視線を明細書へ落とす。瞬時に「3」と「5」という数字が目に入った。あとはゼロが並んでいる。素早く暗算する。おおおお。私はひそかに唸った。そうかそうか。さすが中華の名店だ。一人五万円か。いやはや大変なご負担をさせてしまった。そもそも本会食は、それより少し前、主催者紳士の企画した催し事に皆が協力して働いたので、その「お疲れ会」と称して開かれたものだった。が、だからといってこんなに高価な晩餐をごちそうになってよいものか。

「ごちそうさまでした」

「いやあ、おいしかった！」

招かれた客たちは店を出たところで主催者を囲み、頭を下げ、三々五々、夜の繁華街へ消えていった。最後に残ったのは私と私の女友達と主催者紳士の三人である。私は改めて主催者氏に向かい、深々と頭を下げた。

「誠にごちそうさまでした。実はチラッと見えちゃいました。まさかこんなお値段になっていたとは！」

「え、そんなに高かったの？」

女友達が目を丸くした。

「そうなのよ。せめてものお礼に、次は私がおごります！　酔い覚ましにコーヒーでも飲みに行きませんか？」

「じゃ、一杯ごちそうになるかな」

こうして三人揃って近くのホテルのカフェへ移動した。

コーヒーをすすりながら、興味津々の目で女友達が私の肘を突く。

「で、いくらくらいだったの？」

「うーんとね。一人、これくらい」

私は片手を広げて彼女に示す。

「えっ、五万円!?」

「シー、そんな大きな声出さないでよ。合計三十五万円だから、そういう計算になりますよね？」

紳士の顔を覗き込み、同意を求めると、彼はふふんと軽く笑みを浮かべ、小声で呟いた。

「桁が違うよ、桁が」

「えええええええ!?」

女二人の奇声がカフェじゅうに響き渡った。

これが私の人生で最も高価な食事の記憶である。と言っても、私は支払いをしていない。自らの財布から出したのはコーヒー代だけだ。だから散財の範疇に入らない。文句は言えない。しかしだ。目が飛び出るほど高価な中華フルコースをいただいておいてナンですが、さてその晩餐がおいしかったかと聞かれたら、素直に頷きがたいものがある。なんといっても珍味とゴージャスのオンパレードだった。一品一品は素晴らしいけれど、素晴らしすぎるのだ。たとえて言うなら狭い我が家にミスユニバース級の美女を一気に百人ほど招いたような感じ。シャネルのスーツとエルメスのバッグとプラダのブーツとカルティエの時計を一日にして買ったような気分。豪勢な買い物をして具合が悪くならない人もいるらしいけれど、私は具合が悪くなる。

とにかくその晩餐は、私の身と胃袋には重すぎた。せめて子豚の丸焼きと干しアワビの煮物の間に、青菜の炒め物とかキュウリの酢の物とか、そういうさっぱりしたものが欲しかった。金糸のように美しいフカヒレの煮込みと一緒に、白いご飯が食べたかった。ご飯の横に漬け物なんぞがあったらなおよろしい。大枚を叩いてくださった紳士には申し訳ないけれど、分に過ぎた。実際、その日の夜中、布団の中で気持が悪くなった。同時に頭の中で数字がちらついた。もったいない。まだ体内から出すわけにはいくまい。私は口を強く閉ざし、なんとか料理が逆流してこないよう、死にものぐるいで我慢した。

先日、さるパーティにてお会いした紳士から、「今度、お寿司でも食べに行きましょうよ」と誘われた。お寿司か。これがまた要注意である。おいしいお寿司は食べたいが、とんでもなく高価な店だったらどうしよう。自分で払うのも怖いが、ごちそうになるのも困る。そうですねえ、機会があったらねえなどと曖昧な返答をしていると、その紳士、おもむろに、「実は……」と語り出した。

「実は僕、数年前まで寿司が食べられなかったんです」

とてもそうはお見受けできない。上等そうなスーツに身を包み、ワインに詳しく、体型もお顔立ちも、いかにも食べることがお好きそうである。聞くところによると四代にわたる実業家のお家柄というではないか。そんな裕福そうな殿方が、お寿司を召し上がれないとは珍しい。

「幼い頃に二十センチくらいのトロにかぶりついて平らげたあげく、気持が悪くなってもがき苦しんだ。それ以来、生魚が苦手になっちゃったんですよ」

ところが歳を重ねるうち「寿司はダメです」と言いにくい立場になった。仕事上の交流を広げるにあたり、「酒はダメです」はなんとかしのげても、「寿司はダメです」は通用しないらしい。心配した友人たちが策を練った。

「コイツを寿司の食べられる身体に改造しよう」

こうして修業が始まった。そもそも「嫌い」と思うものは身体が受けつけない。アレルギー体質でなくとも、身体のどこかに支障が出るという。しかし、「嫌い」なものでも上等であれば、拒否の度合いが軽減されるのだそうだ。そこで友人たちは「ここのコハダは絶品」とか「この店の大トロは上質」とか、自慢の店へこぞって彼を連れて行き、どこのどれなら彼が食べられるかを試すこととなる。

「おかげで今は、バッテラ以外はすべてクリアしました。ただし、上等でなければ身体が受けつけないんです」

驚いた。そして、思い出した。

なぜか（なぜでしょう）バーバラと呼ばれる男友達がいた。彼はアルコールに強くない。グラス半分ほどでたちまち気持が悪くなる。仲間と一緒にワインを開けても、「僕は舐める程度で」と、グラスの縁を手で覆って拒絶する。そうか、お酒に弱いのね。長らくそう理解していたが、あるとき奇跡が起こった。

「このワインならいくらでも飲めそう！」

バーバラの酒量がいつになく伸びた。いくら飲んでも具合が悪くならない。本人も驚いたらしい。なぜ気持が悪くならないのか。まもなく理由が判明した。そのワインは天下一品高級だったのだ。その後も少々値の下がるワインを勧めると、「もうけっこう」と手でグラスに蓋をした。以来、彼には「贅沢バーバラ」の異名がついた。

そういうことである。そもそもの許容範囲が狭いから、選りすぐったものしか受けつけない。私のように食い意地が張っていると、空腹であればたいていのものはおいしく食べられる。「まずい！」と思うことはあっても、身体が拒否反応を示すことはない。むしろ上等過ぎるものを食べると、あとで気分が悪くなる。なんなんだ、このケチ体質。

何ヶ月も先まで入れないという評判の肉料理の店の予約が取れたことがある。二人分。私は友人の誕生日祝いにその僥倖を使うことにした。

「お祝いにおごるから。行かない？」

カウンターに席を取り、周囲を見渡した。満席である。きっと他のお客さんも、この日を何ヶ月も前から楽しみにしていたのだろう。同志のような気持になる。いよいよ料理が運ばれて、私たちは笑顔を絶やすことなく口と手を動かした。満喫した。サラダ、魚貝の前菜、ヒレ肉ステーキ、ガーリックライス。いずれも絶品だった。満喫した。ふと見ると、隣の客がシェフと相談している。シェフは手帖を覗き込んでいる。どうやら次の予約日を決めているらしい。よし。私は奮起した。手帖がしまわれる前に声を発する。「あのー、私もお願いしたいです。いつ頃、枠がありますか？」

「そうですねえ。五ヶ月先の……」

「ではその日で。二人分」

誰を連れてくるかはさておいて、とりあえず二人分。こうして次の訪問日も決め、満足感の中、デザートを終え、お手洗いへ行くふりをしてこっそり席を立ち、スタッフに囁く。

「チェック、お願いします」

請求金額の書かれたメモを静かに差し出される。私はにこやかに視線を落とす。そして仰天した。

「十二万!?」

油断した。そこまで高いとは思っていなかった。ここまで高い誕生日プレゼントを贈るつもりもなかった。しかし、あとには引けない。今さら相方に「割り勘にしようよ」とは言い出せない。引きつる頬をゆっくり緩め、私は財布からクレジットカードを出す。しかたあるまい。おいしかったのだから。たまの投資ではないか。自らをなだめ諭す。これからしばらくは粗食に耐えよう。もやしとソーセージ。白菜の漬け物。豆腐に芋だ。頭の中で安いものを思い浮かべつつ、領収書を受け取る。が、ただ一つ、悔やまれることがあった。会計をする前に、なぜ次の予約をしてしまったか。迂闊であった。

そして翌日、たまたまながら近くの医院で血液検査をした。検査結果が通知された。

「アガワさん、昨日、なにを食べました? とんでもない危険な数値が出ています」

血中コレステロール値が、標準値を桁違いに上回っているという。通常二百ミリグラム台のものが、二千近くに上昇しているというのだ。

どうやら私の身体は贅沢にアレルギー反応を示すらしい。で、その肉料理店の予約日はどうしたかって? その日が近づいたら運良く身体の具合が悪くなった(嘘ではない、インフルエンザに罹った)ので、金持ちの友達に権利を譲った。危機はまぬがれた。

韓国、夏の陣

女四人で韓国へ行った。二年前にソウルを訪れて以来、すっかり魅了された白いスープ系韓国料理を再び満喫したい！　焼き肉もいいが、やっぱり白濁スープは必須だね。その思いを強く抱きつつ、旅立つ前に韓国通の友人から入手した情報や雑誌の韓国特集ページを吟味厳選し、たった二泊二日半、全五食の旅ながら、このたびも韓国の食をおおいに堪能することができた。

基本的に私の目指す「白いスープ系料理」には、ソルロンタン（牛骨スープ）と参鶏湯（サムゲタン）（鶏の丸ごと煮込みスープ）の二種類がある。ソルロンタンは前回同様、『白松』というソルロンタン専門店へ行くことにした。二年ぶりに訪れた『白松』は、相変わらず観光客の気配皆無、壁に貼り出されたメニューはハングル文字だけ。でもどことなく店の内装が明るくなったように感じられる。壁紙を貼り替えたのかしら。英語も日本語もほとんど通じないけれど、女性店員さんの素朴な笑顔は健在だ。いちばん安価な一万ウォン（約八百円）の品を注文すると、土鍋に入ったぐつぐつ白濁スープと白いご飯とキムチが、あっという間に運ばれてくる。白濁スープの中身は牛のモツや骨、生姜、煮麵が少し。薬味に刻み葱が添えられている。このスープに葱をたっぷり入れ、ご飯とキムチを交互に口へ運ぶたび、感嘆の雄叫びを上げていたら、ふと振り返った後ろの席のオジサンが、土鍋に白いご飯を全部、ぶち込んで召し上がっていらっしゃる。

「ああ、なるほど、あんなふうに食べるんだ」

さっそく我々も残るご飯をスープにぶち込んで、雑炊味も楽しんだ。

白濁スープにしてはややあっさり系のソルロンタンと比べ、より濃厚味なのが、今回初めて訪れた『皇后参鶏湯』という店の参鶏湯であった。今度の旅で案内役を買ってくださった申さんの話によると、韓国の人はさほど頻繁に参鶏湯を食べるわけではないらしい。滋養強壮に効果的な参鶏湯は、本来、夏の決まった日に食べるのが通例だそうだ。つまり日本の鰻の「土用の日」と同じく、このスープで精力をつけて暑い夏を乗り切ろうという、先人の編み出した風習なのである。

で、その店の参鶏湯そのものも実においしかったのだけれど、さらに感動したのは、「醋鶏湯（チョゲタン）」という名の冷たいスープだった。「これもこの店のお薦めです」という言葉に惹かれて一つだけ注文したところ、見るだに芸術的な一品が現れた。平たい中鉢の真ん中に蒸し鶏、胡瓜、梨、生姜などの千切りが円筒状に盛られていて、そのまわりを薄黄白色のスープが、あたかも城を囲む堀のように取り巻いている。そのスープをスプーンで一口すくって驚いた。氷のかけらが混ざっている。まるでかき氷だ。味は、マスタードの辛みと酢味と鶏スープのまろやかなコクが入り混ざり、口のなかで一気に清涼感が広がる。

「この麺を入れて、具と混ぜて召し上がってください」

スープの隣に細麺の入った器が供された。つまり、麺にスープをからめて食べろということらしい。「韓国風つけ麺型冷やし中華」のようなものか。いや、それはおかしいですね。むしろ「つけ麺型冷やし韓国」と呼ぶべきであろう。何度も韓国を訪れているけれど、この冷やし麺に出合ったのは初めてだった。麺といえば冷麺とビビン麺しか知らなかった私は改めて、韓国の麺文化の奥深さを知った思いである。

夏の韓国だからこそ味わうことのできた食べ物に、もう一つ、夏キムチの代表格、ヨルムキムチがある。ヨルムとは若い大根のことだそうで、見た目は大根の葉っぱのキムチだが、これがコリコリさっぱりしていて、どうにもこうにも、あとを引く。

「うーん、お箸が止まらないよお。持って帰りたい」

すると、

「持って帰ることできますよ。ロッテデパートの地下の食料品売り場で完全パッケージしたのを売ってるよ」と申さん。

海外旅行をした際、私は必ずと言っていいほど地元の市場を訪れることにしている。だから今回も南大門市場はなんとしても行きたいと思っていたのだが、残念ながら週末にかかって市場が開いていないことが判明した。

「南大門よりちょっと値段は高めだけれど、ロッテのデパ地下でじゅうぶんに市場の食品は手に入ります」

申さんの力強いアドバイスに従って、最終日の午後訪れたロッテのデパ地下で、私はまんまと目がくらむ。お土産用のキムチと大根葉っぱキムチだけを買って帰るつもりだったのに、あっちのお総菜、こっちの野菜、そっちのキムチやどっちの塩辛に心が騒ぎ、身は踊り、

「アガワさん、今夜のおかずを買うんじゃないんだから。これから飛行機に乗るんだよ」

友達に引き留められなかったら、どこまで買い込んでいたかわからない。衝動を抑えることができぬまま、今回、食べ損ねたチャプチェ百グラムと、ニラや唐辛子の混ざった海苔の佃煮を試食ののち、買ってしまった。海苔の佃煮はさておき、やや汁気のあるチャプチェは飛行機の持ち込み荷物で撥ねられる恐れがある。

「よし、食べちゃおう！」

空港までの車中、女四人はプラスチック容器から素手でチャプチェをつまみ上げ、「あー、もっといろいろ食べたかったねえ」と未練を語り合いつつ、帰路についたのであった。

蘇るザヅィキ

ギリシャヨーグルトが注目されているという。普通の市販ヨーグルトより濃厚で、「まるでクリームチーズのよう」とテレビのレポーターが目を丸くして、おいしそうに食べていた。

テレビというのはすごいですね。見ている者をすぐその気にさせてしまう。たちまち食べたくなった。

「よし、今日、仕事の帰りにスーパーに寄って探してみようっと！」

すぐその気になったのは、「その気」を加速させるもう一つの理由があったからだ。何年にもわたって、ギリシャ経済は大変なことになっている。ヨーロッパ各国から、横目で睨まれている状態だ。

「お前がバカなことするから、俺たちまでこんな苦しい目に遭わなきゃいけなくなっちまったじゃないか」

「そうだそうだ。どうしてくれるんだよぉ」

まるでクラスの問題児だ。大失敗をしでかして担任の先生を怒らせて、ついでに教員会議でもＰＴＡでも問題視され、今後数年間、クラスの全員がお小遣いカット、贅沢禁止の命令を出されたようなものである。

「そもそもお前がいい加減だからいけないんだぞ」

「そうだそうだ。お前が悪いんだ」

それまで友達だと信じていた仲間からも非難され、嫌われて、惨憺たる有様だ。

たしかにギリシャに責任はあるのかもしれない。でも、私はギリシャが好きだった。いや、今でも大好きである。だから、みんなにいじめられている姿を見ていると、なんだか気の毒になってくるのである。

かつて私はギリシャを二度、訪れた。一回目は両親とともに、二回目は雑誌の取材で、アテネのみならず、地中海の島々を巡る旅だった。ギリシャはいずこも美しく、素朴で、そしておいしかった。入浴剤を入れたのかと思うほど青々とした海。どこまでも続くイトスギの林。忽然と現れるまっ白な家並み。黒装束に身を包むシワシワおばあちゃんの笑顔。誰もが名優になれるのではないかと思いたくなるほど彫りも味わいも深いおじいちゃんの思索に満ちた表情。

そんなギリシャの小さな島の、街道沿いのレストランで、魚料理を食べたときの感動を忘れることはできない。二度目の訪問、雑誌の旅のときである。店の奥にはテラスがあり、

そのすぐ先には海が迫っていた。きらきら輝く太陽のもと、ザザー、ザザーと寄せては返す波の音にしばし酔いしれたのち、

「さて、何を食べようか」

ふと傍らの水槽を覗くと、まるで今さっき、海で捕ってきたばかりかと思うほど新鮮な魚がうようよ泳いでいるではないか。

「好きなのを選んで。それを焼きます」

漁師のような、よく日に焼けた店の主が赤い顔で手振りも鮮やかに勧めてくれる。ああ、なるほど。そういうシステムになっているのね。同行者ともども、それぞれに魚を選び、しばらく待っていると、運ばれてきたのは白い大皿に乗せられた長さ三十センチほどの立派な焼き魚。なんの魚かわからないけれど、おそらく鯛の親戚であろうか。

グリルされた魚の上には、タイムだかチャイブだかローズマリーだかの生ハーブと、ニンニクのスライスが載っている。さてこれは、味がついているのかな。フォークとナイフで魚を覗き込みつつ思案しているところへ、くだんの赤ら顔店主が、手に調味料を抱えてのどかな風情で近づいてきた。

「はい、これ。オリーブオイル、塩、レモン、好きなようにかけて食べなさい」

無造作に、いかにも使い込んだガラス瓶と半切りレモンの皿を置いていった。

「なーるほどね」

言われたとおり、オイルとレモンと塩をチョッチョッチョ。適当に味つけし、フォークですくい上げて口に運ぶと、

「うわあ。プッリプリ。おいしーい！」

ここにお醤油があったら、それは日本の焼き魚となるだろう。それもまた、魅力的な想像ではあるけれど、しかしこの新鮮な魚を、オリーブオイルと塩とレモンと、そしてかすかに香るハーブとニンニクをもってすると、まことにこれがギリシャの味になるのだと、初めて知った瞬間である。

あれはどこの町だっただろうか。胡瓜のサラダを注文した。ザヴィキという名のギリシャの名物料理らしい。パンにつけて、あるいはビールのつまみによく似合う。

「うん、これは日本に帰って真似してみよう」

その後、日本で何回か、その味を思い出して作ったことがある。胡瓜に和えてある白いクリームは、おそらくサワークリームだろう。あとは塩胡椒で味つけし、ニンニクをすり込んで、まあまあ、こんな味だったかな。

それから十数年、このたび、ギリシャヨーグルト特集の番組を見て、初めて知った。

「そうか、あれはサワークリームではなく、ヨーグルトだったのか……」

気がつくのが遅すぎると思われるだろうけれど、ま、根がいい加減なのでお許しあれ。

そしてこのたび、ギリシャヨーグルトで積年の憧れ、本物に近いザヴィキを作った。ニ

ンニクをすり込み、レモンを搾り、塩胡椒のきいた濃厚ヨーグルトに絡む胡瓜のコリコリ……。たちまち海のさざ波が耳に蘇る。熱い太陽、まぶしいほどに白い家々。おお、ギリシャよ、ギリシャ。国、いかに弱まっても、味、滅びることなかれ！

浩二君の魅力

「シオコウジって知ってる？」

友人主婦のリエママが、台所から顔を覗かせて私に聞いた。リエママ宅にご飯を食べに行った晩のことである。

「シオコウジ？」

私はしばし考えた。

「誰それ？　歌手？　俳優？」

リエママが呆れた顔で台所から飛んできて、

「やだあ。人じゃないわよ。これのこと」

ガラス瓶を掲げ、私の目の前に突き出した。見ればその瓶の中には、白いブツブツドロンとした液体が沈んでいる。

「麹と塩を合わせたもの。今、凝ってるの」

リエママ曰く、肉を焼くときは肉の上にシオコウジを軽く塗り、茄で野菜に和えたり、

ドレッシングに加えたり、

「とにかく何に使っても味がよくなるの。ご飯を炊くときに入れてもおいしいのよ」

ふうん、そうか。知らなかった……。

「じゃ、分けてあげる」

リエママは自家製シオコウジを私にくれた。

シオコウジ……。名前だけ唱えているとどうしても、シオという名字の浩二さんのような気がしてならない。塩浩二。いや、汐浩二のほうがいいかしら。ちょっとニヒルな顔の往年スターのようではないか。

ぜんぜん関係ないですが、過日、私は畏れ多くも新書を刊行した。タイトルは『聞く力』。つけたのは私である。担当編集者氏と相談し、二十以上のタイトル候補の中から厳選した末、「やっぱりシンプルがいちばん」とこの書名に落着した。しかし、その後、担当者氏や我が秘書アヤヤから、

「あのー、キクチカラなんですが……」

打ち合わせや取材に関連する話題を持ちかけられるたび、私は「ん？」と、一瞬戸惑う。

「菊池から……？　はて、どこの菊池さん？」

「違います！　『聞く力』のことです！」

毎回、アヤヤに叱られる。自分でつけたくせに、どうも人の名前に聞こえてしかたがな

い。

　話がそれました。さて、リエママに汐浩二さんをいただいた翌日のこと。

「サワコさんはもちろん、シオコウジをご存じですよね。私が作ったシオコウジ、要りませんか？」

　いつも大分のご実家の父上が育てた新鮮野菜を大量に分けてくれるカホリンが、メールをくれた。私はさっそく返信する。

「あ、実は昨日偶然、友達にいただいたの。だから、昨日、知りました」

　もはや人名とは思わないけれど、連日にわたってその話題になるとは驚いた。よほど人気の調味料なんだねえ。まもなくカホリンが我が家へ現れて、「やだあ、マジですかあ」と笑った。

「だって二年ぐらい前から雑誌で何度も特集されていましたよ。私、サワコさんのエッセイ読んだついでに知ったんですもの」

　まったく目に入っていなかった。そこが、たまにしか料理をしないアガワと専業主婦の違いか。彼女たちは新たな料理や調味料に敏感だ。

「いやいや。今や誰だって知ってますから」

「あ、どうもすいません」

　こうして受け取ったのは、またまたガラス瓶に詰められた白いブツブツドロン。発酵食品だから今日は室温で保存して、明日から冷蔵庫に入れてくださいねと念押しをしながらカホリンは帰っていった。

さて、汐浩二君が二瓶揃った。豊かな気分である。さっそくこれを使って何かを作ってみたいものだ。

そういえば、冷凍保存しておいたステーキ肉があった。さっそく解凍し、塩こしょうを振ったのち、汐浩二君を薄く塗り込む。あ、しまった。汐浩二君はすでに半分「塩」なのであるから、塩を振る必要はなかったか。後悔先に立たず。ま、しかたない。しばらく放置したのち、フライパンで焼く。

「どう？」

秘書アヤヤに試食してもらう。

「うん、おいしいです」

「なんか普通と、違う感じする？」

「うーん。柔らかくて、おいしいです」

私も一切れ、食す。たしかに柔らかい。が、この柔らかさが、汐浩二君のおかげなのか、はたまた肉自体の資質なのか、今ひとつ判然としない。

翌日、ご飯を炊く。汐浩二君を大匙一杯ほど加え、炊く。

「どう？」秘書アヤヤに炊きたてご飯を試食させる。

「うーん。ちょっと塩味が効いている？」

私も食す。

「なるほど。丸みのある塩味で、おいしいね」

しかし、正直なところ、まだよくわからない。悔しい。世の中の主婦たちが「おいしいよねえ」と頷き合っている横で、なぜ私だけが浩二の魅力を理解できないのか。

コトの勢いで今度は生のトマトをざく切りにして浩二君をからめ、上からちらりとレモンを搾り込む。

「どう？」

アヤヤに問う。

「あ、ちょっと塩辛いかな」

ちょっと浩二君を加えすぎたか。口に残るトマト浩二の余韻を噛みしめつつ、気がついた。

「これって、マッコリを飲みながら、トマトサラダを食べたときの後味に似てる？」

ねえ、浩二君、あなたをもっと知りたいの。

海山の威厳

この歳になるまで、とうとう「おせち料理」なるものを作らずにきてしまった。

もう少し嫁入りが早かったら、嫁いだ先のお義母様から教えられる機会もあっただろうし、あるいは若妻の意地で一念発起、意欲を燃やしたかもしれない。が、そういう巡り合わせにならなかったからしかたがない。ならば実家で実の母親に教えられなかったのかといえば、そんな記憶は皆無である。

そもそも母が重箱に料理を詰めている姿を見た覚えがない。「なにを言っているの、私だってちゃんと作っていたわよ。あんたが覚えていないだけ」と母に反論されそうな気もするが、確かめようにも母自身の記憶がもはや定かでないので、たしかなことはわからない。母のもの忘れが進んで困るのは、昔、頻繁に食卓に並んでいた家庭料理の作り方を聞けなくなったことである。

「母さん、昔よくドライカレー作ったよね」

水を向けても、

「あらそうだった？　忘れた」

あっさりしたものだ。記憶を呼び戻そうとか、懐かしさが蘇るとか、そういう感傷的な方向に母の脳は動かない。「忘れた」と言ったが勝ちとばかりのにべもなし具合。

父が晩年、老人病院に入院中、母を連れて見舞いに行くと、開口一番、

「おい、お前の作るちらし寿司が食いたい」

懇願するかの表情である。すると、

「え？」

母は耳が遠いので聞き返すのは常のことだったから、

「お前の作る、ちらし寿司が食いたいんだよ」

同じ言葉を、父は少し大きめの声で繰り返す。しかし、

「え？」

母の耳にはまだ届かない。

「お前のね、ちらし寿司が、食いたいんだ。聞こえないかね。ちらし寿司、ちらし寿司を作ってほしいと言ってるんだよ！」

もはや隣の病室にも響くほどの大声で父が叫んだ。

「ああ、ちらし寿司ですか」

ようやく母は納得した。このまま続くと父が癇癪を起こすのではないかとヒヤヒヤしな

がら二人のやりとりを見守っていた私は、その一言にホッとした。父も表情を和らげて、「そうだ、ちらし寿司だよ」

母に再度確認するかのごとくに繰り返した。すると母は、まことに当然の思いつきとばかりに清々しい顔で言い放ったのだ。

「それなら、(近所の)東急に売ってますよ」

なんたる見事な切り返し。短気な父もさすがに怒る気力をなくしたか、呆気に取られた様子である。私はこっそりニンマリした。長年、父のイライラを収めることに専念させられてきた従順なる母が、初めて見せたレジスタンスだ。父の望みも空しく、結局母はちらし寿司を作って病院へ運ぶことはなかったが、思えば母はあの頃から料理に対する意欲と義務感を失っていったような気がする。

もっともおせち料理についていえば、父はどうやら正式のお重を母に作れとは命じなかった気がする。老年は別として、若い頃の父には簡素簡潔合理的をよしとする傾向があった。「うちは無宗教だ」と子供たちの前でもよく唱え、古来より伝わる年中行事のたぐいをあえて無視した。家内に仏壇は置かず、お盆の決まり事もいっさいしない。おかげで私は大人になるまでお盆に茄子や胡瓜を飾るとか、北枕はいけないとか、そういうことを知らずにいたし、先祖の墓参りに行った回数も極めて少ない。おかげで今も父の墓参りにほとんど行っていないけれど、お父ちゃんのせいですからね。

とはいえ、正月は正月だ。食べたいものはあるのだろう。長寿健康、子孫繁栄などの意味のこもった料理は不要としながらも、自分の好物だけは母に作らせた。私の記憶にあるかぎり、大晦日の夜になって母が台所で作り始めるのは、まず数の子。一晩ほど塩抜きをしたのち、適当な大きさにちぎり、醬油と酒に漬け込む。供する直前におかかを混ぜて合わせれば出来上がりだ。

そしてお煮染めである。なぜお煮染めのことを覚えているかというと、いつの頃からか私はもっぱらこんにゃくを手綱にねじる役を担っていたからだ。あれは一種の快感だった。長方形に切ったこんにゃくの中心に包丁を入れて切れ目をつける。その切れ目にこんにゃくの片方の端をくぐらせると、あらまあ不思議。手綱こんにゃくの出現である。

手品のようだった。くるりと裏返ったこんにゃくが、左右にねじりを入れたかたちでしゃきっと落ち着く。まるでそのかたちがこよなく心地よい、と言わんばかりの落ち着きようである。もとの長方形に戻ろうという気配はなく、まな板の上で堂々と仰向け（どちらが表かわからないけれど）になっている。その変化の妙が面白く、さらにねじりを入れてみたくなり、中央の切れ目を端っこギリギリまでつけて、二回ひっくり返すと二回ひねりこんにゃく。三回ひねりは無理かなあと恐る恐るねじってみれば、案の定、こんにゃくの端が切れてしまう。

「なに遊んでるの。いいから早くちょうだい」

中華鍋片手に母が野菜類を胡麻油で炒める横で、自作のこんにゃくの入ったザルを持ち、一つ一つの出来を確認しながら思ったものだ。何ごとも調子に乗ると失敗するんだなと。こんにゃく以外の材料に、さして凝ったしつらえをすることを母はしなかった。にんじんもレンコンも干し椎茸も里芋も牛蒡も鶏肉も、みな同じほどの大きさに乱切りにした。こんにゃくだけがお洒落だった。

お煮染め作りが終わると、母ともども、正月用の器を並べる作業に取りかかる。年に一度しか使わない器類は普段の使用頻度の極めて低い戸棚にしまわれていた。

「飾り餅を載せるお盆、どこにしまったっけ？」

「そっちの戸棚の右の奥にない？」

「あったあった。あと、お雑煮用のお椀は？」

「それはこっちの食器棚の下の段の右側。お父さんのだけ、大きいお椀、出しておいて」

あの頃、母はコンピューターのように正確にモノのありかを把握していた。一年に一度しか使わないのに、どこにしまってあるかをちゃんと覚えていた。今、正月の支度をしながら母とこういう会話のできなくなったことを、少しばかり寂しく思う。

正月料理の中で欠かすことのできないものが雑煮である。我が家の元旦は丸餅の入った白味噌雑煮、二日目は澄まし雑煮と決まっていた。父は生まれ育ちが広島ながら、父の母親は生粋の大阪人だった。おそらく丸餅白味噌雑煮は懐かしい母の味なのだろう。さりとて二日続けて白味噌は重い。関東風の澄まし汁の雑煮も食べたい。欲張りなのである。

白味噌雑煮に入れる丸餅は、網で焼かない。雑煮とは別の鍋にて湯がき、トロトロになってから白味噌の鍋に移す。餅以外の具材としては、人参、大根、里芋と、最後に三つ葉と柚子の皮を載せるぐらいだ。これが子供にとってはやや不満であった。白味噌は驚くほど濃くて甘いし、中に入っているのは餅と野菜だけ。肉類が恋しい。その欲求不満が高じ、現在私が作る白味噌雑煮には鶏肉を入れる。母もときどき鶏肉を入れてくれたような気がするのだが、定かな記憶はない。鶏肉は皮付きの細切れを買ってきて、別鍋にて醤油、砂糖、酒を加えて下煮しておく。同じく別鍋で湯がいておいた野菜類とともに、出汁の味の染み込んだ白味噌汁の中へ加えていく。しだいに鶏肉の脂がゆらゆらと表面に浮いてくる。その透き通った脂のゆらゆらを見るたびに、頭の中で父の怒声が響く。

「鶏肉は入れるなと言っただろう！」

ついでにつけ加えるにちがいない。

「味が薄い。もっと濃くしてくれ」

私の作る白味噌雑煮は父ほど白味噌の量を多く入れないさっぱり系だから、きっと叱られる。

両親と子供たち（四人全員が揃うことは少なかったと思うが）一緒の頃の元旦は、まず階下から響く父の怒声で始まった。

「いい加減に起きろ。正月だぞ」

前夜の夜更かしがたたってまだ眠い。が、起きて、それなりのきちんとした恰好に着替えて食堂へ降りていかないと叱られる。ボーッとした頭のまま居間のドアを開けると、たちまち「高砂」の音曲が耳に飛び込んでくる。

「明けましておめでとうございます」

父はテレビの前に着物姿で籐椅子に座り、能番組に視線を向けたまま、

「はい、おめでとう。早く母さんの手伝いをしなさい」

「はーい」

台所へ移ると、母はいつもより上等の着物の上におろし立ての真っ白い割烹着をつけて、すでに甲斐甲斐しく働いている。それが我が家の元旦の光景であった。

ある年の正月、母の手伝いをしながら食卓と台所を行き来していると、いつのまにか父がぬうっとそばへ寄ってきた。

「あとはお前が書きなさい。俺は字が下手で、どうも嫌だ」

父の手には筆がある。正月の箸の表に家族の名前を記せという。すでに取り箸用の「海山」と自分の名前の「弘之」だけはようよう書き終えたところらしい。

「えー、私だってお習字、苦手です」

「俺よりましだろう。書いてくれ」

こうして私は、母、兄と、自分の名前を箸袋に恐る恐る書いたあたりで、弟が起きてきて、「あ、自分で書きたい」というので、筆を譲る。

「じゃ、改めて。明けましておめでとうございます」

食卓に全員が揃い、屠蘇の杯や梅昆布茶の椀をあげ、声を揃える。父以外のそれぞれの手元には、どう見ても頼りない字で表書きされた箸がある。弟のは子供字で、それなりに可愛らしい。ふと見ると、父のゆがんだ「海山」の字が食卓の中央に鎮座ましましている。

父の海軍時代の友人があるとき私に小声で囁いた。

「お宅のお父さんさ、文章は上手かもしれないけど、なんであんなに字が汚いの？　どうにかならないの？」

そんなことを娘に訴えられても困ると思ったが、他人にそう言われるほど下手なのかと深く納得したのはその瞬間であった。

父の「海山」は、たしかに美しいと思えない。しかし、一家の主の威厳はある。少なくとも私の字よりは正月らしいと、父には言えないが、秘かに思ったのを思い出す。正月料理の残骸も姿を消し、日常の箸が並ぶようになるまではずっと、父のゆがんだ「海山」が食卓の上で威張っていた。

コールタールの春

昔、電車の広告に海苔弁当の写真が貼られていた。ああ、おいしそう。呟いたか、そういう顔をしたか忘れたが、そのとき誰かに言われたのである。

「あれを見た途端に『おいしそう』と思うのは日本人くらいのもので、外国人は『あんな黒いものを食べるなんて信じられない』って思うんだって。外国人は黒い食べものを不気味だと思ってるからね」

そう言ったのが誰だったか、定かな記憶はないのだが、今でも海苔に巻かれたおにぎりや、海苔弁当や太巻き一本の姿を見るたびに、「外国人には不気味なのか……」としばし考える。

もっともそれはまだ私が大人になる前のことで、今や海苔巻きは世界的知名度を得ているし、おにぎりも外国で知られるようになったと聞く。それによくよく考えてみれば外国にも黒い食べものがあるではないか。三大珍味の一つと言われるキャビアはほとんど黒いし、黒オリーブというものもある。イカ墨スパゲティなんぞは、日本人の私のほうが最初は「不気味！」と驚いた。見て不気味。食べた人の口を開けたらもっと不気味。「当店自慢イカ墨」などとメニューに書かれていると、注文してみようかと思うこともあるが、黒々と光る麺が目の前に運ばれてくると、ちょっとビビる。

そもそも「外国人」とひとくくりにすることが間違いであって、イタリア人とアメリカ人の味覚は違うだろうし、イカ墨スパゲティをおいしいと思う外国人もいれば、不気味と思う外国人もいるだろう。さらに言えばイカ墨スパゲティをおいしいと思う日本人も当然、たくさんいる。だからこそレストランのメニューに載るのだろう。イカ墨考察はこれくらいにするとして、飲み物は黒くても大丈夫なのだろうか。コカコーラやペプシコーラなんて、相当に黒い。コーヒーはどうなんだ？　日本人がコーヒーを最初に見たとき、怯まなかったのだろうか。

女学校時代の友達が、当時結婚ホヤホヤだった仲間の家に集まったときのこと。

「何を飲む？　コーヒー淹れようか」

その家の新婚妻が来客たちに問うたところ、一人がこう答えた。

「私、コーヒーはダメなの」

「あ、そうなの？」

「あんな黒いものがお腹に入ると思ったら、とても怖くて飲めないわ」

我らが女友達は概して底意地が悪い。そういう初々しい言葉を耳にすると即座にピカリと目が光り、悪さの衝動が煮えたぎる。たちまち残る仲間が反応した。

「あら、そうなの？　黒いものがお腹に入ると怖いの？」

「じゃ、チョコレートも食べられないわね」

「あと、海苔もダメ？　黒豆も無理ね」

そして家の主がとどめを刺した。

「せっかくチョコレートと海苔巻きを用意してたんだけど、あなたにだけ出さないでおくわね。残念だわあ」

そのいじめの現場に私は居合わせなかったのだが、あとでその話を聞いて腹を抱えて笑ったのを覚えている。しかし私はイカ墨スパゲティの皿を前にするたび思い出す。こんな黒いものがお腹に入って大丈夫なのだろうかと。またイカ墨の話に戻ってしまいました。

今朝、台所を通り過ぎようとした我が家の亭主殿が、ギャッと声を上げてかすかに跳び上がった。

「どうした？」

訊ねると、

「いや、鍋に黒々したものが入ってるから、コールタールでも煮込んでるのかと思って。なにこれ？」

恐る恐る匂いを嗅いだりしている。

「別に臭くないでしょ！」

私は不機嫌に答える。なにもそんなに怖がらなくてもいいものを。「それは、私が作った海苔の佃煮です」

「あー、そうか」

かすかに笑みを浮かべて応えたが、食指が動いた気配はない。むしろ怖いものからはさっさと退散するが勝ちとばかり、そのままスルリと鍋の横をすり抜けて、行ってしまった。興味はないのか？

亭主というものは、妻に何を食わされるのかと、実は日々、戦々恐々としているらしい。口に合えば素直に「おいしいよ」と言えるし箸も進むが、不幸にも口に合わなかった場合、さてなんと言ってその場をしのぐか。妻の私が言うのもナンだが、哀れを誘う。不利な立場にあることを不憫に思う。だって「まずい！」と露骨に言えば、私が不機嫌になるのは火を見るより明らかなのだから。

その点、私の父は明快だった。明快かつ、料理人への気配りは、少なくとも家族に対してはほぼ皆無であった。私が中学時代、父のために精魂込めて煮込んだ東坡肉を一口食べるや、

「うん、サワコ。明日はなんかうまいもんを食いに行こう」

純粋だった娘がどれほど傷ついたことか。さりとて父が母の料理に毎回満足していたわ

けでもない。食卓にいくつも料理が並んでいるにもかかわらず、

「おい、今夜は結局、何でメシを食えばいいんだ」

父の本意はすなわち、「うまいものがなにもない」ということなのである。

いっぽう我が夫は極めて謙虚である。父のように無謀な拒否反応はしない。しかしまったくもって心にもないお世辞を言えるタチでもない。そこで、当人、知恵を使ったらしい。

「これはもう、生涯分、食べました」

もう二度と食べたくないというときに、そう発言する。

「つまり、おいしくないってことね？」

やや低めの声で問い直すと、

「違うよ。じゅうぶんに味わったので、もう今後は食べなくても大丈夫かなってね」

私は溜め息をつきつつも亭主を許す。少なくとも父よりはるかに気配りが感じられるからだ。有り難いと思わなければバチが当たる。でも、これまでに相方が「生涯分食べた」料理はいくつあっただろう。すでにあれとこれと、あれとこれ、と、あれ。こんなにあるのはどういうことだ。どんどん増えていくので、もはや亭主がどの料理に対して「生涯分食べた」と言ったのか、忘れてしまった。だからいちいち悔やまず私は作り続ける。

さて、鍋に入っていた「海苔の佃煮」についてご説明いたします。コトの発端は、またしても私のケチ根性である。

到来物の海苔が棚の奥に溜まっている。まだ封を切っていないと思い、蓋に巻かれているセロハンテープを剝がし、期待を込めて缶を開け、袋に入った新鮮な海苔を取り出すと、なんてこった、すでに香りは立たず、触るとヘナリと柔らかい。

「えー、まだ開けたばかりなのにぃ」

新品なのに新品にあらず。缶を裏返して確認すると、賞味期限がだいぶ過ぎている。

そういう海苔を私はヴィンテージ海苔と呼んでいる。このヴィンテージどもを何とか生き返らせる手立てはないものか。長らく思い悩んでいたところ、料理上手の友達Y子が、教えてくれた。

「私はいつも、海苔の佃煮にするの。簡単よ」

すると隣にいたY子の友達が、

「私、瓶に詰めてお裾分けいただいたんだけど、おいしいのよぉ」

なるほど、そうか。

さっそくウチに帰って作ってみることにした。もはやパリパリ感をすっかり失って、火であぶってもその鮮度を取り戻せぬ段階のヴィンテージどもを一堂に集め、適当な大きさにちぎって鍋に入れる。そこへ、ヒタヒタになる程度の水を加え、しばしお待ちあれ。しばらくすると、板状だった海苔はさらに色を濃くし、ドロンとしたゾル状態になる。ほほお、海から生まれたばかりの海苔の原型は、こういうものだったのだろうなあ。これをすのこに薄く広げて天日で干したら、また板海苔になる……ってものではないですかね。

それはさておき、ドロドロ海苔を弱火にかけて、Y子いわくは、かつお節と醬油を加えてことこと煮込めばそれでおしまい。弱火でね、じっくりことこと二時間ぐらい、だそうである。

が、短気は損気なアガワは、その言いつけを素直に守ろうとしない。パックのかつお節を大量に使うのがもったいないので、「粉末出汁のもと」はどうかしらと、パラパラパラ。使いかけで残っていた「うどんの出汁」というのもパラパラパラ。もちろんパックのかつお節もパラパラパラ。そこへお醬油をタラーリタラタラくらいかな。Y子の佃煮はさっぱり味であったが、少し甘くしてもいいのではないかと思い立ち、砂糖を小さじに二、三杯。お酒も入れてみましょうか。次々に調味料を加えつつ、杓文字でよくよくかき混ぜる。よくよくよくよくかき混ぜる。しつこくかき混ぜる。この作業、何かを思い出す。そうだ、カスタードクリームを作るとき、こんなふうに丁寧にかき混ぜるうち、艶が出てくるのだと習った覚えがある。海苔の佃煮も艶が出てきたんじゃないか？　どう？　出てきましたよね？

でも十分もかき混ぜていたら疲れた。こんなことをガス台の前で二時間も続けられない。さりとて放っておけば焦がすに決まっている。ガス台を離れたら、ガスをつけていたことを忘れる自信だけはある。何ごとにも自信のない私だが、消し忘れの自信と実績だけは積み重ねてきた人生だ。そこであっさり火を止めて、一晩寝かすことにした。その結果が、「なにこれ？　コールタールかと思った」発言に繋がるのである。

見た目はコールタールでも、味は絶品と、言わしめてやろうではありませんか。私はスプーンで味見する。うーん、こんなものか？　よくわからない。黒すぎるし。少し砂糖を足す。醤油も足してみよう。タラタラタラ。味が濃くなりすぎたら、また海苔を加えればいい。戸棚でヴィンテージが待っている。

「どう？」とちょうど出社してきた秘書アヤヤに味見をさせて意見を求めると、恐る恐るの表情ながら一口試食して、

「ああ、おいしいですよ」

「甘さは？」

「これくらいが、私は好きです」

いい反応だ。よし、これをまた少し煮詰めれば出来上がりとしよう。

「どう？　味見する？」

再び通りかかった亭主殿に勧めると、

「うん、あとでいい」

ああ、そうですか。でも私はめげない。この大量の海苔の佃煮を、新年のご挨拶がわりにあちこちに配ろう。幸い、この佃煮を詰めるガラス瓶もまた、ヴィンテージ海苔同様、

流しの横に山ほど待機している。人呼んで、「愚瓶ども」。こんなにたくさん残してどうする、少し捨てたらと家人に言われ続けて幾星霜。ようやく日の目を見るときがきたのだ。海苔にも愚瓶にも、いやはやめでたい春が訪れた。はたして見た目コールタールを「おいしい！」と言ってくれる友がいるかどうか。それはまだ、わからない。

ワクワク病人食

周囲はインフルエンザ患者に溢れている。仕事先で、「〇〇さんがインフルエンザに罹ったので担当を代えます」と伝えられ、食事の約束をすれば、「〇〇さん、インフルエンザで今日は来られないって」と欠席報告。誰かがどこかで毎日、熱を出している勢いである。

この分では、遅かれ早かれ自分もウイルスを拾うことになるだろう。心のどこかで恐怖を感じながらも、入念なる対処をしているわけではない。罹ったら罹ったときのこと。そのとき考えよう。ただ問題は、チラリと感じるこの喉の痛さ、咳の出方がはたしてインフルエンザなのか普通の風邪なのか、あるいは気のせいか。その区別がつきにくいところにある。どうやらインフルエンザの検査にはタイミングというものがあるらしい。罹りかけの段階で検査をして陽性反応が出なくても、その後、症状が悪化して再検査をしたところ、「まちがいなくインフルエンザです」と宣告される場合があるそうだ。しかも今年のインフルエンザは高熱が出るとはかぎらないというからますますわかりにくい。

今、我が家で秘書のアヤヤ嬢がときおり「コンコン」と不穏な咳をする。私はたちまち振り向いて、「もしかして、インフルエンザ？」と訊ねると、「いえ、ただの空咳です」ときっぱり。まもなく何かの拍子に咳が止まらなくなった私に向かい、アヤヤすかさず、「大丈夫ですか？　インフルエンザ？」と問うてくる。

「違うの、なんかが喉に詰まっただけ」

するとしばらくのち、何やら咳き込んでいるウチの相方の声が聞こえてくる。たちまち私とアヤヤ嬢、声を揃えて恐る恐る、

「もしかして？」

「いや、今、お酢にむせたの」

一人ラーメン鉢を抱えながら答える。

ことほど左様にこの季節、誰もが猜疑心に満ちている。人を疑い、自らの潔白を弁明する日々だ。でも我が家ではまだこれぐらいの遠慮がちな疑い合いで済んでいるからいいけれど、ここに父がいたら大変な騒ぎとなっただろう。

父は極端な風邪嫌いだった。特に五十代も半ばを過ぎたあたりからは、本人曰く、「俺が風邪に罹ったら、一ヶ月は確実に治らない！」と自信たっぷりに宣言していた。だから家族にちょっとでも風邪気味の気配が窺われるや、まず、「風邪か？」とその者を睨みつけ、すかさず自らの口を片手で覆い、くぐもった声でいとも迷惑そうに、

「とにかく近づかないでくれ！」

そう叫ぶや、

「シッシッ！」

まるで庭に迷い込んだ野良猫を追い払うがごとき敵意に満ちた顔（父は風邪と同じく猫が嫌いだった）で、口を塞いでいないもう一方の手を前後に激しく振って、追い払うのである、可哀想な風邪気味の私を。

あまりの冷酷ぶりに驚いて、

「そんなに憎々しげな顔をしなくても」

小声で訴えると、父は必ずこう答えたものだ。

「お前が憎いんじゃない。お前についている風邪が憎いんだ。いいからさっさとどっかへ行ってくれ」

風邪菌ともども、哀れな私は大急ぎで居間を出て、寒い階段を上り、そののち完全に回復するまで、二階の自室監禁を余儀なくされるはめとなる。まるでラプンツェルだ。でも、いくら泣いてもどんなに高熱を発しても、王子様は現れない。現れるのは、幼い弟だけだった。

「大丈夫？　お粥持ってきたよ」

弟の心配そうな顔に、どれほど安堵したことか。家族全員に見放されたと思った独房で、唯一の面会者を得た心境だ。母はまちがいなく父に止められている。サワコの部屋には行くな。お前に風邪が移ったら俺が困る。母はしかたなく弟を使者としてお粥を届けてくれたのだ。

白いお粥と梅干し一つ。おかずは甘く味つけされた炒りたまご。その極めて質素でシンプルな病人食が五臓六腑にしみわたる。おお、神よ。汝は我を見放さなかったのね。

私が幼い頃は、父も若かったからか、さほど風邪に神経質ではなかったような気がする。家が狭かったせいもある。熱を出して寝るのはいつも、台所の隣の和室だった。そこに布団を敷き、病人である子供は寝かせられた。

あの頃、なんの病気で寝込んでいたんでしょうね。おたふく風邪とか水ぼうそうとか……。とにかく熱を出すと子供はだいたい高熱を発した。当時は保冷剤とか「熱さまシート」なんぞはなかったので、必ず小豆色のゴム製氷枕をつくってもらい、それを頭の下に置き、熱を冷ました。ゴムの強烈な臭いと頭を動かすたびにゴロゴロ移動する氷の音と感触に、「ああ、自分は病人だ」としみじみ自覚したものである。

熱が出て苦しいことをさておけば、病人には特権が与えられ、それが秘かな楽しみでもあった。母が優しくしてくれる（当時はね）以外にも、果物の缶詰が食べられた。なぜ熱を出すと果物の缶詰を食べていいという許可が下りるのか。わからないけれど、ミカンの缶詰と桃の缶詰は、寝床で横になりながら食べた記憶が圧倒的に多い。たまに缶詰のパイナップルの輪切りが出てくると、心の中で「そんなにおいしくない」と思った。パイナップルという果物はあまり好きではないと決めたのは病に伏せていたときではなかったか。ところが高校生になり、生のパイナップルを初めて口にしたとき、「おお、パイナップルってこんなにおいしかったのか」と驚いた覚えがある。私の子供の頃、生のパイナップルは売られていなかったから、缶詰の味しか知らなかったのだ。

その伝でいくと、アスパラもしかり。子供の頃、アスパラとは白いフニャリとしたものであり、マヨネーズをかけて食べる方法しか知らなかった。まもなく緑色の生のアスパラが登場し、さらにホワイトアスパラが八百屋の店頭に並ぶようになったときは、驚きましたねえ。フニャリとしていないではないか。

病人食に話を戻す。もう一つ、病人の特権は、出前のうどんを取ってもらえることだった。ただし、素うどんである。うどんだけ。かまぼこも玉子もお揚げも乗っていない。濃い汁と、うどんだけ。

それでも嬉しかった。おいしく感じられた。素うどんは病人にとってご褒美だったのだ。今、素うどんというメニューはうどん屋にあるのでしょうか。というか、素うどんならウチで作るほうが早くて安上がりなのではないかと思うのに、なんで母は素うどんごときをわざわざうどん屋さんに出前してもらっていたのだろう。料理が苦手だったわけではない母が、素うどんを作る自信はなかったのか。不思議だ。今、気がついたけれど。

でも子供にとっては「出前を取ってもらえる」だけで特別感があったし、贅沢な気分になったものである。病人といたしましては、それだけで元気になった。

少し熱が下がり、食欲が湧いてきた頃に母がもっぱら作ってくれたのは、ミルクトーストだ。

好物なのでしつこく書くが、ミルクトーストとは文字通り、ミルクと合わせたトーストのこと。作り方は、まず食パンをトーストする。同時にミルクを火にかけて温めておく。トーストが焼けたらやや深みのある皿（スープ皿が適当）に移し、そこへバターをたっぷり。塗るというより固まりをパンの真ん中に置く。上から砂糖をサラサラ、サラサラ。そこへ熱々のミルクを少しずつ注ぐ。パリパリだったトーストはたちまち熱いミルクを吸い込んで、出汁をたっぷり吸い込んだ高野豆腐のように膨らんでいく。固まっていたバターはあれよあれよと思う間にミルクに溶かされ、黄色い液と化す。そして、スープ皿のまわりに溜まっていたはずのミルクは、あれあれ、どこへ行ったの？　あんなにたくさん注いだのに、と驚くほど、トーストが吸い込んでしまう。そうしたら、再びミルクを足す。それでもミルクはたちまちトーストの館へ隠れてしまう。いったいどれほどの許容量があるのだろう。この「ミルクが消えるマジック」は見ているだけで楽しいぞ。

これも前に書いたのだが、私は子供の頃、牛乳がさほど好きではなかった。兄や弟たちのように水代わりに飲む趣味はなかった。が、ミルクトーストのときの、バターと砂糖がたっぷり溶けた熱々の牛乳は、別物に感じられた。ことに高熱によって疲弊した胃袋にはどれほどしみわたることか。病み上がりに食べるミルクトーストは、また格別のごちそうだったことを思い出す。

しかし大人になり、独り暮らしを始めた頃から、いやそれより以前、父に追い払われていた二十代のあたりから、私の前には母の作ったミルクトーストも素うどんもミカンの缶詰も現れたためしがない。しかたあるまい。ことに独り暮らし以降は、たとえ熱が高かろうと、自分で栄養補給をするほか手立てはなくなった。はて、何を作ってしのいできたか。

そう考えると、スープですかね。

もちろん、不調ゆえに食欲も気力もまったく湧かないときは、ひたすら寝る。水分補給だけは怠らず、寝て寝て、寝飽きるまで寝るのみだ。そしてようやく「お腹が空いた」と空っぽの胃袋をさするほどに回復したら、思いつくのは「よし、スープを作ろう」である。

昔、テレビで見ていた洋画番組のウエスタンで、病人や怪我人は、運び込まれた家のベッドでたいていスープを勧められていた。

「まだ起きちゃだめだ。傷は深いぞ。しばらくここで養生しろ。ほら、ウチの娘が作ったスープだ。飲んで元気を出せ」

病人にはスープと思い込んだのは、あのシーンのせいかもしれない。だからといってまだ元気溌剌の状態ではない。買い物に出かけるほどの気力には欠ける。まずはとりあえず冷蔵庫を開き、しなびかけた野菜を取り出す。玉ねぎ、カブ、大根、セロリに人参、ジャガイモと椎茸。なんでもいい。あるもので済ませる。そうだ、ベーコンが残っていたはずだ。これを出汁代わりにしよう。野菜とベーコンをざく切りにして、ニンニクも少しみじん切り。深鍋を火にかけ、オリーブオイルをタラタラタラ。ニンニクを入れ、続いてベーコン、ざく切り野菜の順にドバドバドバ。木べらでかき混ぜながら炒めるうち、いい香りが漂い出す。そこへ水をジャーッと差し、煮立つまでしばらく待つ。待つ間、再び冷蔵庫を覗くと、おお、トマトも入れようか。生姜があったぞ。ベーコンだけでは肉気が足りないから、ソーセージを細かく切って入れてみるか。追加の具材を入れながら、塩と胡椒で味を見て、うーん、なかなかおいしくなってきた。これにバタートーストを浸して食べたらいいかもしれない。いや、冷凍にしていたご飯をチンしてスープかけご飯にしようかしら。気分は脱病人だ。もはや病人食ではなくなりかけている。

インフルエンザに罹る前にスープの用意をしておこう。せっかくだから鶏ガラで本格的に出汁を取り、白インゲンも水に戻しておけば、豆スープができる。あとは適当な野菜を買っておかねば。そうだ、久々にミルクトーストも作ってみるか。なんだか寝込むのが楽しみになってきた。

おかゆさん

この夏、『セミオトコ』という連続ドラマに出た。私が与えられたのは、アパートの大家の役である。大家は一人でなく、微妙齢と申しますか高齢と申しますか、いずれにしても決して若くない未婚姉妹という設定だ。その大家姉妹役をどういうわけか、ダンフミと私が務めることになった。

なんでまた!?

出演を打診されたとき、驚く以前に笑ってしまった。よくそういうキャスティングを思いつくものだ。かつて私とダンフミは、言いたい放題の往復書簡集を出版して少しばかり話題となり、以後しばらくコンビでの仕事がいくつか来たが、ここ十年ほどはすっかり疎遠になっていた。かつての二人のドタバタを思い出す人が未だにいるのかと、大いに笑った勢いで、気がつくとお引き受けしていた。

ドラマの中の設定では、せっかちな性格の姉「くぎこ」がダンさん、いつもグズラな妹「ねじこ」がわたくし、アガワとなっている。本来は私のほうが歳上で、性格も、むしろ私がせっかち、ダンさんは何をするにも時間がかかるタイプなのだが、脚本を書いた岡田惠和氏によると、「そのままの性格だと脚本書く必要がなくなっちゃうので、あえて反対にしてみました」ということだった。しかし、撮り終えてみれば、ダンさん演じる「くぎこ」は、ダンさんそのものだったような気がする。「私って、いつもゆっくりしていたい性格なの」と本人は長い手を優雅に動かしながらおっしゃるけれど、私から言わせていただければ、もともとダンさんは私よりはるかに姉御肌であって、私はいつも彼女から指示や叱責を受けてばかりいる。ドラマの中でも「ねじこ」は「くぎこ」に叱られる場面が圧倒的に多かった。だからダンさんは姉役としてぴったりはまっていたと思われる。

この文章が掲載される頃にはもはやドラマは終わっているはずだ。ご覧にならなかった方々のため簡単にストーリーをご紹介すると、一匹のオスゼミが六年間の地中生活を終え、いざ地上へデビューしようとしたとき、アパートの住人の一人である女の子に命を救われる。その恩返しとして内気で存在感の極めて薄いその女の子を幸せにしてあげようと心に決め、人間の姿になって現れるという、切なくも淡いファンタジックラブコメディである。

大川由香というヒロインは、小さい頃から親にも友達にも無視され続け、自分は他人に必要とされない人間だと思い込んでいる。その最たるエピソードとして、彼女はあだ名をつけられたことがない。しかたなく自分で自分のあだ名を考え出し、大川由香を縮めて「おかゆ」と呼ばれることを秘かに夢見ていた。そこで、優しくてイケメンのセミオ君が由香ちゃんのことを「おかゆさん」と呼び始め、しだいにアパートに住む大家や他の住人たちもそれに倣う。さらに、みんな揃って集う朝ご飯に「おかゆ」をつくって仲良く食べる。

そのシーンの撮りの折、つい口が滑った。

「和風のお粥もおいしいけれど、私がときどき作る中華粥も、おいしいんだよ」

自慢した私がバカだった。以来、誰からともなく、「アガワさんの中華粥、いつ食べられるんですかあ」と期待の声がかかるようになった。

え、そういうこと？　作るの、私が？　おりしも撮影は中盤にさしかかる頃だった。出演者のみならず、撮影スタッフも疲れが溜まり始めていた。そんな中、何より皆が楽しみにしているのは、撮影合間の食事時間である。冷えた楽屋弁当や簡易な食事を繰り返していると、なんとなくめげてくる。幸い、今回のドラマのヒロイン（木南晴夏さん）とヒーロー（山田涼介さん）が二人とも無類のパン好きという噂を耳にして、ドラマプロデューサー氏が現場に連日おいしいパンを届けてくださった。ついでに冷蔵庫にはおいしいバターやジャムが並び、トースターまで設置されるという周到ぶり。撮影スタジオの前室に、パンを焼く匂いが立ちこめて、「おいしいねえ」とそれぞれに頷き合う。それだけで撮影の緊張や疲れが吹き飛ぶというものだ。

そんな雰囲気の中で、「中華粥」のご依頼を受けた私としては、作らないわけにはいかなくなった。

「アガワさん、協力しますよ」

食べることの好きなプロデューサーが私をそそのかす。

「みんな、喜びますよ」

ニコニコとそそのかす。

「よし！」

とうとう私は心を決めた。で、何人分ぐらい？

「ま、八十人分ですかねえ」

「ひえー」

我が家の中華粥は、振り返るに私が中学生の頃、母がどなたかから教えられて頻繁に作るようになったと記憶する。

米一合に対して鶏肉スープ十カップ。味つけは塩を薄目にして、ひたすらコトコト煮詰めるだけ。食べるときに長ネギや生姜などの薬味と、中国揚げパンの油条を小さくちぎって入れるとおいしいのだ。

当時、父は昼ご飯に来客があると、中華粥を母によく作らせた。

「あら、おいしい。どうやって作るの？」

聞かれると、娘の私も一緒になって、

「米一合に対して鶏のスープを十倍。鶏肉は骨付きを使うと一段とコクが出ます」

生意気に作り方を指南したものだ。

当時は父の指令に従って、私は頻繁に横浜の中華街へ油条を買いに行かされた。元町へ買い物に行くと言うとたちまち、

「おい、じゃ、揚げたての油条を買ってきてくれ。あれは中華街にしか売ってないからな」

娘が休日、元町へ遊びに行くことに対して父が不機嫌にならなかったのは、油条のおかげである。

年月を経て、私自身が作るようになると、母の中華粥の味は少しずつ変化していった。意図したわけではないけれど、薬味がネギと生姜だけでは物足りず、ニラを加え、香菜をちぎり、さらに生椎茸を細切りにして粥の中に突っ込んだ。その他、辣油や豆板醤、塩、酢、XO醤など、さまざまな調味料もテーブルに並べる。食する人が自分の好みに合わせて自由に味つけをするのが楽しい。そのためにはもとになるお粥が薄味であることが肝心だ。そこでお粥そのものには塩をパラパラ振りかけるだけにとどめる。

さて、テレビ局には料理を作るための「消え物室」という調理部屋が存在する。ガス台、大型冷蔵庫、料理台など、ちょっとしたレストランの厨房程度のものは揃っているのだが、八十人分のお粥を作るとなると、いったいどれほどの鍋を用意すればいいのか。

「大丈夫。巨大な寸胴鍋を二つ確保しました。鍋二つ分のお粥の量で足りるでしょう。指示していただければ、下ごしらえは我々でしますので。アガワさんには撮影の合間に味見をお願いします」

プロデューサーに背中を押され、私も張り切るしかない。野菜や調味料の購入はスタッフに任せ、私はすべての味のもととなる鶏肉とピータンだけ用意した。

「八十人分のお粥、作るんですが、鶏一羽丸々使うとして、何羽分必要でしょうね？」

肉屋さんで訊ねるが、「さあねえ」と首を傾げられるだけ。私とて、鶏丸ごとを買うのはクリスマスのときにローストチキンを焼くときぐらいである。

迷った末、思い切って大型の鶏丸ごとを三羽分買って、えっさかほいさか消え物室へ運び込む。かたや、

「お米は何合、要りますかねえ」

スタッフと相談の末、一合で四人分として、十合で四十人分。となれば二十合？

しだいに寮母か給食センターのチーフのような気分になる。

かくして私とお粥プロジェクトチームは動き出した。お粥パーティの日の前日から寸胴鍋で鶏肉を煮込み、若いスタッフがひたすらニラや長ネギを切り、プロデューサーが二十合の米を洗い、「ほら、買ってきたよ」と別のプロデューサーが紙袋を開けると、

「うわ、油条だ!?　どこで？」

「横浜中華街まで行ってきました」

そして私は台詞覚えもそこそこに（たいして台詞の分量がなかったので）、一つのシーンの撮影が終わるたび、消え物室へ飛んで行き、

「どう？」

「椎茸は薬味として出しますか？　それとも煮込んじゃいますか？」

「煮込んだほうが味が出るかもね」

「今、お米の柔らかさ、こんな感じですが、もっと煮込んだほうがいいですかね？」

「そうね、中華粥はお米がとろとろにかたちが崩れるぐらいまで煮込んだほうがおいしいよ」

「わかりました！」

質問に応じつつ、私は香菜を細かくちぎり始める。いつもなら包丁で切ってしまうところだが、みんなに喜んでもらうためには、ちぎったほうが丁寧だろう。と、そこへ、

「ねじこさん、出番です」

「あら、今、行きまーす」

手に香菜の匂いをぷんぷんさせながら、次のシーンの撮影に向かう。えーと、台詞はなんだっけ、次はどこからだっけ。

その夜の夕食タイムはスペシャルだった。広めの楽屋が一転、中華粥パーティ会場と化

し、そこへ巨大寸胴鍋を二人がかりで抱え、アツアツの粥が運び込まれる。

「さあさあ！　アガワさんプロデュースの中華粥、完成です！　容器を持ってお並びください。薬味はお好き好きで」

「ごちそうになります！」

いえいえ、私が作ったというか、みんなが協力して作ってくださったんですよ。

そして薬味コーナーに目をやれば、ニラ、香菜、長ネギ、生姜ばかりではなく、細かく切られた油条、ピータン、ザーツァイ、胡麻油など、よりどりみどりの薬味オンパレードだ。忙しい仕事の合間にスタッフたちがこんなに細かくたくさん切ってくれたおかげである。なんて素晴らしい世界なんだ！（ちなみにこの一文は、『セミオトコ』の決まり台詞の一つである）

自分で言うのもナンですが、八十人分の中華粥は大好評だった。私がこのお粥を作るのも久々だったが、改めて中華粥はおいしいと思った。よし、我が家でも作ってみよう。

その数日後、丸ごとは多すぎるので鶏肉のチューリップを買ってきて自宅の台所で作ってみたのだが、実のところ、あまり感心しなかった。どうもコクが足りないのである。

やはり中華粥は八十人分を作るに限る。

トラウマの豚

圧力鍋を買った。

私は長らく、この鍋を避けてきた。便利だという噂は耳にしていたものの、どことなく怖い。爆発するのではないかという恐怖がつきまとう。それなのに、今になってなぜ買ったか。

ある日、亭主殿が「ゴルフ場の食堂で食べた酢豚丼がものすごくおいしかった」と言った。

「酢豚丼？　そんなものある？」

問い直すと、

「ものすごく柔らかい厚切りの豚肉がご飯の上に乗っていて、甘くて旨かった」

厚切りの柔らかい甘い味の豚肉……。

「トンポーロウのこと？」

「トンポーロウ？　そんな名前じゃなかったと思う」

「じゃ、東坡肉？」

「うーん、それも違う」

しばしの協議とネット検索の結果、

「角煮だ！」

ということが判明した。加えて「角煮」は圧力鍋で簡単に作れるという情報も、相方は入手してしまった。気がついたら、我が家に圧力鍋が届いていた。

こうして私の圧力鍋生活が始まった。

相方が圧力鍋の取扱説明書を熟読している間に、私はスーパーへ走る。豚の三枚肉のブロックを買うためだ。ついでに牛すね肉のかたまりもカゴに入れる。圧力鍋を使えばきっと牛すね肉も簡単に柔らかくなるだろう。あとは大根と里芋と……。怖がっていたわりに、あれこれ試してみたくなってきた。

そもそも豚の角煮とトンポーロウはどう違うのか。曖昧な理解のまま食べ過ごしてきたが、せっかくのチャンスだから調べてみることにした。結果、まずトンポーロウ（日本語読みにして、とうばにく）は、そもそも蘇東坡という中国の高名な詩人が作って評判になった豚肉料理のことらしい。「東坡さんの肉」という意味か。その伝でいくと麻婆豆腐も人名からつけられた名称だと聞く。

「麻バアサンの豆腐」

清王朝の時代、四川省の都、成都の郊外に陳氏という人の妻が住んでいた。夫に先立たれ、料理屋を営んで暮らしていたが、高価な材料を使うことが難しく、手に入りやすい豆腐と羊肉を調達して一品作ってみたところ、おいしいとあちこちで評判が広まり、「(陳氏の)奥さんがつくった豆腐料理――麻婆豆腐」と呼ばれるようになる。「婆」は「妻」のことでバアサンではなかった。ついでに、「麻」は名前ではなく、「あばた」の意。その奥さんの顔にあばたがあったことに由来する。

麻婆豆腐は圧力鍋で作らない。中華鍋が適する。知ってるよって？　そうでしょうね。

話を戻す。続いて角煮と東坡肉の違いはなにかと調べてみるに、どうやら「皮」がついているか否かにあるらしい。東坡肉は三枚肉を皮付きのまま、下茹でしたのち、油たっぷりの中で揚げ焼きをして、さらに醬油、紹興酒、鶏ガラスープ、八角などの香辛料を加えたタレに漬け込み、長時間、蒸す。蒸すことにより余分な脂が落ち、表面の皮はコラーゲンたっぷり、脂はほどほど、肉はトロントロンに柔らかくなるという具合だ。一方の角煮は蒸して作るのではなく、煮込み料理だそうな。皮はない。

そうだったんだ！　と、私は驚いた。同時に苦い記憶が蘇った。

以前にも書いたように、私にとって東坡肉はトラウマ料理なのである。

たしか中学生の頃だった。なぜか母が家を留守にして、私が父のために晩ご飯を作るはめになった。私は張り切った。よし、頑張って東坡肉を作ってみよう。料理本を繙(ひもと)いた。

そのとき使ったのが皮付きの豚肉ブロックだったかどうかは定かでないが、少なくとも蒸せとは書かれていなかったと思う。とにかく入念なる下準備をし、おそらく六時間以上、台所で立ち働いた末、皿に盛り、書斎に父を呼びにいった。

「できました！」

父はいそいそと食卓につき、「そうかそうか。今日は佐和子が作ってくれたのか」といつになく優しい声で皿を覗き込み、箸を握った。私は父の様子をじっと見守る。父は私の作った東坡肉の一かけを箸でちぎって口に入れた。顎を上下に動かして、しばらく味わって……と思われたその直後、父は私の顔を見て、ニコニコ語りかけたのである。

「よし、明日はなんか旨いもん、食いにいこう！」

それが精一杯の私に対する心遣いだったと、今はかすかに、かすかにですけどね、納得できる。露骨に「まずい！」とは言ってなるまい。でも嘘はつけない。はて、なんと言ってこの場をしのごうか。その結果、口から出てきたのは、「明日は旨いもん」だったのであろう。しかし娘の私にしてみれば、こんな情けないことがあるか。何時間もこの豚のかたまりと闘ってきたのである。丁寧に糸で巻き、下茹でをし、たっぷりの油の中に投入し、火傷覚悟で菜箸片手に何度も裏返し、焦げ目をつけ、鍋に移し、醤油やスープや八角を混ぜて作った汁でしばらく煮て、ときどきひっくり返し、柔らかくなあれ、柔らかくなあれと祈りながら中を覗いて味見をし、そしてようやく完成させたのである。その労苦を知ってか知らずか、なんと無情な父の一言。私は泣いた。泣いたと記憶する。父が慰めてくれたか、はたまた、「しかたないだろう、だって豚肉、固いんだもの」と開き直ったか、そこらへんはよく覚えていないけれど、たしかに私の作った東坡肉は、固かった。その事実を、私は秘かに知っていた。つまり、父が褒めてくれないであろうことをちょっとだけ予測していたのである。でも期待した。

「うん、なかなかよくできているぞ。頑張ってくれてありがとう」

そんな言葉は一語とて、父の口から発せられなかった。

その事件以来、東坡肉に挑んだことは一度もない。半世紀の時を経て、はたしてアガワは圧力鍋で豚肉をトロトロにさせることができるでしょうか！　ここでいったんコマーシャル。

宅配便の若者によって我が家に圧力鍋が届いた日、ウチにはもう一つ、届いたものがあった。タケノコである。隣家からのお裾分けだ。これを新鮮なうちに炊かなければと思っていた矢先、圧力鍋が到着した。

東坡肉に挑戦する前にタケノコで鍋の使い勝手を得ておこう。取扱説明書のうしろに料理のレシピが載っている。ペラペラめくると案の定、「タケノコの茹で方」が現れた。

材料――タケノコ。米のとぎ汁。鷹の爪。下ごしらえ――穂先を切り落とし、切り込みを入れる。

上記の材料を圧力鍋に入れたら、あとは蓋でしっかり密閉し、上におもりを乗せ、強火で沸騰するのを待つだけだ。おもりがシューシューカタカタと、けたたましい音を立てて振れ始めたら弱火にして三分。たった三分。米のとぎ汁を作る手間のほうが面倒だったぐらいである。

実はこの一週間後、またもやタケノコを入手した。早く茹でておかなくちゃ。そう思ったものの、とぎ汁を用意する暇がない。焦った私はハタと思いつく。とぎ汁を作らずとも、米そのものを入れればいいんじゃないの？　ついでに長く使いそびれていた塩麹も入れよう。

こうして私は手早くタケノコを圧力鍋に放り込み、ひたひたにかぶる程度の水を注ぎ、鷹の爪と塩麴大匙一杯、米をサラサラサラッと振り込んで、強火。沸騰後弱火にして三分。そのあと火を消して、仕事に出かけた。

帰宅して蓋を取ってみると、まあ、タケノコ君が柔らかくなっているではあーりませんか。タケノコの下には粥状になった米がたっぷり沈殿している。そうか、米はお粥になるんだね。ためしにスプーンですくって口に入れてみたら、

「あら、おいしい！」

タケノコの香りと塩味がほどよく染み込んだ、まるで京都の朝粥のような深い味わい。翌朝、温め直して塗りの椀に盛り、梅干しと昆布を添えて亭主殿に差し出した。

「朝粥どすえ」

微妙な表情を見せたものの、一応、おいしいと言っておった。これがタケノコを茹でたあとの残り汁と、知っている気配がなきにしもあらずだが、決して「明日は旨いもん、食いにいこう」なんてことは呟かない。そこはわきまえているというか、私のことが怖いというか。

タケノコに成功したら、私はすっかり気をよくした。次は何でカタカタ言わせてみようか。思いついたのは、リンゴである。ふやけ始めたリンゴが段ボール箱にまだ残っている。あちこちに「手作りジャムです」と恩着せがましく配ったリンゴバターもだいぶ消化した。よし、残るリンゴを一挙に煮てしまおう。

私はジャム工場の女子作業員になったかのごとく、無心で四つ切りにし、芯の部分を切り取って、皮を剝くのは省略し、大きめ一口大にしてどんどこ圧力鍋の中へぶち込む。合計五個分。そこへ水を少しだけ入れ、重い蓋で密閉。おもりをつけて強火。だんだん慣れてきた。シューシューカタカタおもりが歌い始めたら火を消して、圧力が下がるまでしばし置く。蓋を開けたあと、砂糖と干しぶどうとバターを加え、さらにレモンと、ブランデーなんぞを数滴垂らして煮詰めれば出来上がりだ。

普通の鍋で煮るのと比べて、味に違いはあるかと聞かれたら、よくわからない。圧倒的長所は短時間で柔らかくなることだ。そう考えると、なんといっても芋類が適するだろう。

リンゴの次は芋に挑戦。新たに買った里芋はさておいて、去年の暮れから冷蔵庫で鎮座していた里芋がそろそろ限界に達しつつある。これをとりあえず圧力鍋で柔らかく煮ておこう。皮ごと煮て、熱いうちに皮を剝き、冷蔵庫に保存しておけばいつでも惣菜になる。

これはおおいに成功した。柔らかくなった里芋を別鍋に入れ、醬油と砂糖とみりんにからめて数分炊いて食卓に出したところ、

「これ、新鮮な里芋を使ったの？」

美しい誤解をされた春の宵。

さてさて、角煮の結果はどうなった。もちろん、上々の出来であった。下茹でしたときに生じたスープは、生姜とネギの香りも含んで滋味深く、冷蔵庫で冷やしたのちは上部にラードができ、なにかと便利。そして本体の、トロトロに茹で上がった豚肉ブロックは、醬油と砂糖とその他の調味料とともに別鍋でしばらく煮込む。皿にはやはり圧力鍋で瞬時に柔らかくなった大根を添え、

「なんて簡単なのでしょう！」

大根の茹で時間を含めても、総調理時間はほんの一時間弱だ。もはやトラウマは完全に消え去った。あ、角煮が食べたいの？　すぐに作るから待っててね。ってなもんだぞ。

「うん、おいしいよ。柔らかい」

亭主殿もご満悦の様子だ。お父ちゃん、化けて出てきたら作って差し上げますぜ。

しかし、ここでかすかな疑問が生じる。これは角煮であり、東坡肉とは違う。皮付き東坡肉は、果たして圧力鍋で成功するか。そういえば牛のすね肉も買っていた。えーと、しばらく時間をください。圧力鍋、疲れました。

大地震のあと

九年前の震災後、直接被災しなかった者でさえ、あらゆる意欲を失って、しばらく放心状態だったことを思い出します。以下の三篇は、あの震災をめぐる大事な友とのささやかなハナシです。

●持久食●

まったくもってなんという試練を日本人は与えられたのであろう。「大丈夫。必ず復興する」という気持と「大丈夫かなあ、日本」という気持が交互に心を騒がせて、落ち着かない日々が続いた。が、いつまでもテレビの前で悪態をついたり感動したり泣いたりしてはいられないと、震災三日後初めて食料品を買いに出た。とりあえず晩ご飯を作ろう。と、いつもの気分でスーパーに足を踏み入れて驚いた。買いだめ騒動である。肉も豆腐も納豆

も牛乳もパンも、棚の上はスッカラカン。かろうじて残っていた野菜をつかみ、最後の一つのフランスパンを籠に入れ、

「豚バラ薄切り、もうないんですか？　大変なことになっちゃったわねえ」

「ホントにねえ。ロースなら少しありますよ。明日になったらバラも入りますけど。ほら、いつもより余計に買う人が多いから」

肉売り場のおじさんとしばし言葉を交わして、豚のロース肉の薄切りを買って家へ戻る。こうなったら持久戦だ。いつまで買い物をせずに食いつないでいけるか、挑戦してみようじゃないの。賞味期限こそ切れてはいるが、ウチには缶詰も米も佃煮も、カチンコチンに凍った干物も肉類もある。被災地の人々のことを思えばなんと豊富な食糧事情ではないか。本来ならこれらの品物を被災地に送って差し上げたいところだが、送る手立てがない（その頃は）以前に、賞味期限が過ぎていてはさすがに失礼だ。自分でありがたく消化することにしよう。

そう決意して今日まで十八日間。やってみればできるものである。実際にはその間、心優しい大分の友達から葉もの野菜が届いたし、近所の友達がやってきて「いちご」と「サラダ」を差し入れてくれたので、純粋に残り物だけで二十日近くを生き延びたわけではないけれど、自ら買い物には行かなかった。自慢するほどのことではないけれどね。で、ないとなったら、あるものでどうにか料理をしようと、ひらめくことは多々あった。

まず私にとって恒例の鶏のスープを取る。こういうときのために、冷凍庫に鶏一羽分を保存しておいたのだ。寸胴鍋いっぱいのスープを見つめつつ、これでしばらく大丈夫と安堵する。初日は純粋に澄ましスープとして、柔らかく煮込まれた肉の部分は取り出して、醤油、酢、ラー油をかけてご飯のおかずにする。そんな食べ方をして数日後、急に陽気が春めいた。朝、鍋の蓋を開けると、プン……。ん？　かすかに怪しい匂いがする。思い返せば前夜、火を通すのを怠って寝てしまった。スープはまだたっぷり残っている。捨てようか。にわかに被災した人々の顔が浮かぶ。捨てるわけにはいかない。捨てたらバチが当たる。ああ、どうしよう。そこへ逞しき秘書アヤヤが顔を出し、

「大丈夫ですよ。カレー粉入れて、カレーにしちゃったら、わかりませんよ」

そうだよね。家に残っている香辛料をいっぱい入れて、プンを消してしまえばいい。

急遽、カレー作りに精を出す。ずいぶん昔に買ったタイ風チキンカレーのペーストが出てきたので、それを入れる。トムヤムクンの固形スープも一つ加え、ニンニク、生姜を擦り入れて、しなびたニンジン、芽の生えたじゃがいも、茄子、緑色の芽が十センチほど伸びた玉ねぎのスライスたっぷり、粉末ココナッツミルク、残っていた貴重な牛乳、さまざまな香辛料、あと何を入れたか定かでないが、じわじわと濃厚なタイ風カレーが出来上がっていった。

「おいしい！　さわちゃん、おいしいよ、このカレー」

自炊はしない主義ながら、外食の予定がすべてキャンセルになり、毎晩、レトルト食品で済ませていると嘆く女友達を招き、ご馳走してあげたら、こちらが恐縮するほど喜んでくれた。せっかく喜んでくれているのだ。口が裂けても「ちょっとスープがプンってね……」なんて、言えません。

その友人が土産にいちごを持ってきてくれた。このご時世に大事な立派ないちごである。大切に大切に、一粒ずつを味わって食べていたら、大切にしすぎたか、気づくと表面が黒ずんでいるではないか。ジャムにしようか。いや、ジャムはたくさんある。ふと棚に目をやると、最後の買い物で確保したフランスパンが、もはやカチンコチンになって二十センチほど残っている。

考えた。まず、フランスパンを全力投入して二センチほどの厚さに切り分ける。そこに水をパラパラパラリと振りかけ、乾燥肌に潤いを与える。しばし置き、フライパンに油をやや多めにひいて、揚げ焼きする。ちょっとしたラスクである。焼き色のついたアツアツのラスクの上に、だいぶ黒ずんだいちごのスライスを載せて、バリッとかじる。アツアツ油たっぷりフランスパンに冷たいいちごの酸味が、なんとうまいことマッチして、おしゃれないちごオープンサンドが出来上がった。捨てなくてよかった。

くだんの友達があまり喜んでくれたので、二度目の晩餐にお招きした。カレーの次はシチューである。缶詰シチューに玉ねぎ、じゃがいも、やや黄色くなりかけた葉もの野菜、椎茸がないので干し椎茸を戻して突っ込み、いつのものか判然としない牛肉の塊をサイコロ状に切って入れ、瓶詰トマトジュースと飲みかけワインをダボダボダボダボ。

「え、これが缶詰？　信じられない」

目を輝かせて褒めてくれる彼女を見ながら私は思う。持つべきものは、疑い深くなき友である。

●宮古の秋刀魚●

このたびの東日本大震災で、直接間接の知人に被災した方は何人かいたが、幸いほとんどの人は無事だった。が、中でいまだ連絡の取れない人が一人いる。毎年、秋になると新鮮な秋刀魚を大量に送ってくださる岩手県宮古市のSさんである。震災後、携帯電話に何度かけてもメールを書いてもつながらない。今は混乱している時期だからと、しばらく時間を置いて再び電話をしてみるが、「ただいま使われておりません」の案内が流れるだけだ。

十年ほど昔、私は初めて宮古を訪れた。出版社主催の講演会で吉村昭さんと一緒だった。吉村さんは小説『幕府軍艦「回天」始末』にて宮古海戦についてお書きになり、その取材のため過去に何度も足を運んでいらしたらしく、宮古は馴染みの土地だった。

「どうしましょう。盛岡から電車で行くか、車で行くか……」

同行の担当編集者諸氏が尋ねたとき、吉村さんがおっしゃった。

「僕はもうさんざん乗っているからどちらでもいいけれど、アガワさんは初めてだとおっしゃるから、のんびり電車で行きましょうか」

さして面白くもないよと、吉村さんはおっしゃったけれど、私にとって山田線の旅は、忘れられないものとなった。盛岡駅を出てほぼ二時間、そのほとんどは左右の緑に迫られた山間をくぐり抜ける。窓から手を伸ばせば容易に灌木の枝に届き、途中、停まる駅々の、なんとも素朴な佇まいは周辺の景色と一体化していた。人間の営みと自然がみごとに共存している。こんなにワクワクする電車がほかにあるだろうか。私はいっぺんに山田線のファンになった。

緑のトンネルを出ると突如、広々とした海の景色が広がって、いよいよ宮古駅に到着した。潮の匂いがする。海鳥の鳴き声が聞こえる。

「山田線廃止なんて話が持ち上がったら、私、ぜったい反対運動しよっと」

宮古での講演仕事を無事終えて、さあ、夜の部へ突入だ。市内の料理屋さんに招かれて、そこの二階の和室で供された貝の刺身を一切れ、口にして、私は跳び上がった。

「おいしい！　なんですか、これ」

ホヤだった。実はそれ以前に一度だけ、ホヤを食べたことがあった。が、常より臭いモノ好きを自負する私でさえ、その強烈な匂いには閉口し、以来、敬遠していたが、宮古のホヤは格別だった。

「ホヤって、こんなにおいしいんですか」

しつこく感激していたら、

「そんなに好きなら、今度、送ってあげよう」

そうおっしゃったのが、その晩、我々をもてなしてくださったSさんだったのである。

Sさんはその後、約束通りにホヤを毎年、宅配便で我が家に届けてくださった。ホヤだけでなく、秋になると秋刀魚を発泡スチロールの箱いっぱいに送ってくださる。数えるとほぼ二十匹。届いた直後から大騒ぎだ。こんなキラキラ光る新鮮秋刀魚を一人で食べ切ることはできない。できるだけたくさんの友人に分けたい。早く分けたい。焦るぞ。今の時間、誰がいるだろう。誰が喜ぶだろう。

こうして何年も、何人もの友人におおいに喜ばれ、分けた全員に「絶品の秋刀魚だった」と感動され、しだいに秋刀魚分配が恒例となっていった。

「そろそろ……ですか？」

さりげなく問い合わせも届く。

「そうねえ、そろそろだと思うけど……」

そろそろと思っても、Sさんに催促するわけにはいかない。なんたってこちらはいただく身である。代金を払ってもいいのだが、親分肌のSさんはそんなことを受け入れてくださらないだろう。

そして去年、気候変動のせいで例年にない秋刀魚不漁のニュースが伝えられる。

「どうかなあ……」友達から問い合わせ。

「うーん、どうかねえ」私も逡巡。

催促はできない。ま、無理かなあと思っていたら案の定、先年の秋刀魚ホクホク騒動は、残念ながらお流れとなった。

そして今回の震災である。こんなことならもっと早く、催促でもご機嫌伺いでも、なんでもいいからSさんと頻繁に連絡を取っておけばよかった。もっと早く、Sさんの声を聞いておけばよかった。

秋刀魚を友達数人で一緒に食べた年は、酔っ払った勢いでカードに寄せ書きをしてSさんにお礼状を書いたこともある。Sさんが上京なさったとき、仲良しイラストレーター嬢とともに接待に相勤め、その功績が認められて以降、彼女のところにも大量秋刀魚が別口で届くようになった。

Sさん、大丈夫かなあ……。

Sさんの秋刀魚に感動した友人知人は多けれど、直接、Sさんを存じ上げているのは、私以外に吉村昭さんとイラストレーター嬢だけである。それなのに、吉村さんもそのイラストレーターも、もはや、数年前に亡くなってしまった。Sさんの安否を一緒に気遣う仲間がいない。でもきっと、秋刀魚を届けた人間ごときに、「僕は大丈夫だよ」なんて連絡する場合ではないのだろう。携帯電話をなくし、数々の連絡先を失っても、必ずどこかで元気に避難していらっしゃるに違いない。いつか私は山田線に乗って宮古を再訪し、とびっきり新鮮な貝や魚をSさんと一緒に食べよう。いやあ、あの震災は大変だったよと、苦労話を伺いながら飲み明かそう。そう心に誓いながら、今日もパソコンでSさん捜索をする。

●カツオ旅●

テレビ番組の被災地取材のため、気仙沼へ行った。被災から半年経ってなお、港周辺の復興があまり進んでいるとは言い難い。地震、津波に加えて石油タンクの炎上被害、さらに深さ一メートル近くに及ぶ地盤沈下が、この街の復興を遅らせている。道路の盛り土は成されたものの、海に面した魚市場近辺の地面は、朝、乾いていても、午後の満潮時になれば海水が迫ってきて、あれよあれよという間に浸水してしまう。

こんな状態で、いったい今後の生活をどう再建していけばいいの？　地元の人たちはさぞや不安に思っているだろう。そう予測しながら、まず早朝の魚市場に繰り出すと、なんと活気に溢れていることか。驚いた。

「六月末に市場が再開して、ようやく魚の水揚げが始まったんです。といってもまだ例年の一割ぐらいしか水揚げ量はないけどね」

コーディネーターを引き受けてくださった地元マグロ漁業者の臼井青年に案内されながら一巡すると、ちょうど高知のカツオ船が入港したところであった。

「高知の船が気仙沼まで来るんですか？」

カツオ船の若船長に質問すると、海焼けしたたくましい顔をほころばせながら、

「カツオを追って少しずつ北にあがってきたからね。今、戻りカツオがこのあたりで獲れるんですよ」

そうか、なるほど。獲れたカツオを最寄りの気仙沼港で水揚げするということか。漁師の皆さんは魚を追って、ずいぶん長旅をしているんだなあ。しかし、こういう大漁船が港に入って来ると、気仙沼の人々はたちまち元気になるのだそうだ。

「なんたって、この町の八割が水産で生活しているからね。魚屋だけじゃなく、水産加工業、養殖業、船会社から、魚を梱包する発泡スチロールの箱屋さんに至るまで、とにかく魚が入ってくりゃ、みんな元気になっちゃう」

たしかに目の前で、一本三キロの立派なきらきら生き生きカツオが続々と港に揚げられていく光景を見ているだけでアドレナリンの分泌が高まって、よそ者の私とて、つい興奮状態に陥ってしまう。

「うわ、おいしそぉ」

市場中央の巨大な水桶に集積されたカツオの値をつけるため、集まった地元の魚屋さんたちがメモ用紙を手にぞろぞろ動く。そしてにぎやかな競りが始まる……と思ったら、その日は入札方式で買い手を決めていくことになっていた。買い手が決まるとホワイトボードに買い主が記録され、そしてまた、魚屋軍団は次なるカツオ船の到着を待つ。

「なんか、皆さんのきびきびとした笑顔を見ているとジーンときちゃいますね」

「この魚市場の中にいると、震災のことを忘れていられるんです」

たしかに魚市場の外に出るや、そこはひたすら、瓦礫と空洞化した建物などの荒漠たる景色が続くばかりだ。そこへ、一人の魚屋さんが近寄ってきた。

「アガワさん、俺が買い付けたカツオ三本、あげるから、持って帰りなさいよ」

「え？　そりゃ、ありがたいですけど、三本も？　九キロを担いで新幹線で？」

「じゃ、宅配便で送ろうか」

こうして、ご親切な見知らぬ魚屋のおにいちゃんのお言葉に甘え、配送の手続きを整える。同行したスタッフと山分けするため、まずはプロデューサー氏の家を配送先に、その後、一本を我が家へ転送してもらうことにした。

カツオのお礼を言って魚市場を離れ、各所を取材したあと、さてお昼の時間になった。何を食べることになるのかな。やっぱりおいしいカツオかな。あれこれ妄想していたら、

「人数も多いので、焼き肉屋に行きましょうか」

地元の案内人、臼井青年曰く、

「海の男は毎日、魚見てるから、案外、肉好きが多いんですよ」

そりゃまあ、私も焼き肉は大好きではありますが。ならば秋刀魚は？　ちょうど季節だし。

「ああ、今日、秋刀魚は揚がってなかったからねえ」

いえ、昨日のでもいいんですけど……。内心で呟きつつ、まあ、東京の自宅に帰ったら、あの立派なカツオが食べられるんだと自らをなぐさめて、気仙沼にて新鮮魚をいっさい口にすることなく、代わりにおいしい盛岡冷麺を食して帰ってきたのであった。

さてしかし、転送カツオがなかなか我が家に届かない。届いたと思ったら、今度は私が留守で受け取ることができない。すれ違いの末、結局、手に入れたのは水揚げから丸三日後だった。

おーい、カツオ君、長旅でお疲れではないですか。氷に包んでもらったとはいえ、具合が悪くなっていませんか。不安に思いつつ、届いたカツオをさっそく近所の和食屋さんに

担ぎ込む。なんだか私は、愛しい我が子を抱いてお医者様へ駆け込む母の心境だ。

「半身は差し上げますので、さばいていただけませんでしょうか」

店長は快く引き受けてくださった。そして、カツオ君は赤い刺身の姿に身を変えて、再び私の前に現れた。醬油と薄切りニンニクと生姜をつけて口へ運ぶ。おお、みごとな味わい、しっかりとした脂の乗り具合。和食屋さんのスタッフ一同もまかないにカツオ丼を作って召し上がってくださったとのこと。三キロはあっという間に喜びの胃袋へ消えた。

酒と和田さんの日々

今、私の手元に濃い青色をした大判の分厚い本がある。青色表紙の真ん中には、カラフルな雄鶏の絵付きカクテルグラスが一つ、威容を放っている。題して『THE BAR RADIO COCKTAIL BOOK』。二〇〇三年に改訂版として幻冬舎から出版されたもので、著者は、日本屈指のバーテンダーでバー・ラジオのオーナーでもある尾崎浩司氏だ。

私はこのとびきりお洒落なカクテル事典を、尾崎氏本人からいただいた……と記憶する。かつて、和田誠氏に連れられてバー・ラジオにちょくちょく足を運んでいた時期がある。といっても、私が訪れたのはもっぱら表参道のサード・ラジオである。近くに銭湯もあるような静かな住宅街の一角に、忽然と現れるヨーロッパのロッジ風一軒家で、一階がバー、二階は食事もできるしつらえになっていた。もちろん今でも営業はしているが、あるときを境に食事のサービスは終了し、バーのサービスのみと聞いている。

和田さんは、奥様の平野レミさんが仕事で地方へ行かれたりすると、家でご飯を食べることができなくなるせいか、思いついたように事務所からお電話をくださる。

「和田でーす。急なんだけど、今晩、なんか予定入ってる？」

和田さんから唐突にお誘いをいただくとき、私はどういうわけか、不思議なほどに先約の入っていないことが多かった。

「はい、暇です」

「じゃ、ご飯、食べようか。どこがいいかな」

と、電話の向こうで小さな沈黙が生じたのち、

「じゃ、ラジオに行きますか。表参道のサード・ラジオ。そこに七時でいい？」

「はい！」

当時、私は独身で、誘いやすかったのだろう。私も和田さんとお会いして映画や音楽の話を伺うのは至福のひとときだったので、いそいそとお供する。

和田さんとカウンターに座っていると、店の奥から、白いワイシャツの上に粋なチョッキをつけた尾崎さんが顔を見せることがあった。

「いらっしゃいませ。お久しぶりです」

「ああ、どうも」

信頼に満ちた笑顔でお二人は挨拶を交わし、しばし昔話や共通の知り合いの噂で盛り上がる。しかしどんなに盛り上がっても尾崎さんは、いつも穏やかに、礼節をわきまえた丁寧な言葉遣いで和田さんの話に応え、そんな流れの中で、

「もし、よろしかったら……」

この本を私に差し出してくださったように思う。

申し上げるまでもなく、和田さんと尾崎氏との仲は古い。最初の出会いがいつなのかは存じ上げないが、おそらく和田さんが数十年にわたるラジオの常連客であったことはまちがいない。現にラジオの第一号店は、和田事務所から歩いて五分ほどの場所にあった。

バー・ラジオはもともと神宮前の裏路地に建つ小さなビルの地下一階に開店した。一九七二年の秋だという。その誕生秘話や、その後、青山のセカンド・ラジオ、表参道のサード・ラジオに成長するまでの経緯は、『THE BAR RADIO COCKTAIL BOOK』の尾崎氏自身によるあとがきに詳しい。

私自身、今はなき神宮前店に二度ほどお邪魔したことがある。誰と一緒だったか定かな記憶はないのだが、外で食事をした帰り、「もう一杯だけ飲んで帰りましょう」と誘われて歩くうち、大きな木が一本立つ猫の額ほどの公園のすぐ先の、階段を下りたところに、十席もないほどの小さなバーがあり、中を覗くと、カウンターに和田誠さんが座っていらしたのを覚えている。女性を含めたアーティスト仲間らしき数人とご一緒だったが、当時、私はまだ和田さんと気楽に口をきけるほどの関係ではなかったので、「あ、和田誠さんだ」と驚いて反射的に会釈をし、端っこにそおっと席を取った。そのとき私はいったい何を注文したか。忘れてしまったが、記憶に鮮明なのは、となりでカクテルを召し上がっている和田さんチームの雰囲気がなんとも言えず、「大人だ！」と思ったことである。失礼ながら、色っぽい空気はまったく漂ってこない。といって、仕事の話題で侃々諤々、意見を闘わせているふうでもない。ただ伸びやかにおおらかに、おそらくたわいもない話をしながら笑いこけ、互いを茶化し、酔いを楽しんでおられるようにお見受けした。

いつか私も、バーという場で、あんなふうにお酒を楽しみたいものだ。そのときの、和田さんチームの佇まいが私の脳裏に映像として焼きついている。

時を経て、和田さんと一緒にお酒を飲める身分になったあと、いつものように和田さんを含めた他のイラストレーター仲間やジャズ仲間の皆さんと飲んでいるときだったと思う。ラジオではなく、他のバーでのことである。

「昔、ラジオで仲間と飲みながら、『マレーネ・ディートリッヒとかマリリン・モンローとか、スターの名を冠したカクテルはたくさんあるけれど、フランク・シナトラのカクテルがないのはおかしい。じゃ、作ろうよ』って話になったの」

「和田さんが作られたんですか？」

驚いて反応すると、

「僕が作ったんじゃなくて、尾崎さんがいろいろ試して出してくれるのを僕たち飲み仲間が飲んで、あーだこーだと感想を言っただけ。で、最後に『これだ！』っていうのができて、さあ、名前をどうするか。そのままフランク・シナトラってつけても芸がないから、彼の本名をカクテルの名前にしようってことにした」
フランシス・アルバート・シナトラというカクテルはこうしてできあがった。私は話を聞きながら、和田さんと初めてファースト・ラジオでお会いしたときの映像を思い浮かべていた。あんな雰囲気の中でこのカクテルが生まれたのかもしれない。さて、そのカクテルの内容はというと、『THE BAR RADIO COCKTAIL BOOK』の二五一ページに、和田さんのイラストとともに載っている。

フランシス・アルバート・シナトラ
ワイルド・ターキー　½
タンカレー・ドライ・ジン　½
ステアしてカクテル・グラスに注ぐ。

通常、カクテルはベースとなる酒にリキュールやフルーツの果汁などを加えて作る。しかし、フランシス・アルバート・シナトラは、ベースとベースを、同量で割るのだ。
「そりゃ、強すぎるでしょう」と、最初は恐れおののいた。しかし飲んでみたい。さっそく注文した。和田さんたちの前で飲んだ。おいしかった。で、おかわりした。すると、その夜、調子に乗って合計三杯のフランシス・アルバート・シナトラを飲み干したにもかか

わらず、

「翌日、ぜんぜん二日酔いにならなかったの。ウソじゃないって。ホント」

その後、私はどこへ行っても得々とその話をして、フランシス・アルバート・シナトラの宣伝に貢献した。

『THE BAR RADIO COCKTAIL BOOK』をペラペラめくっていると、どれほど数多くの見目麗しいカクテルがあるのかと驚かされ、今度バーへ赴くときは、どのカクテルを試してみようかと楽しみになる。

もともとカクテルについては極めて疎い。知っているのは、父が生前、自らウチでも作るほどに愛飲していたドライ・マルティニと、父に連れられて行ったヴェニスにて初めて飲んで感激した、シャンパンを桃のジュースで割ったベリーニ。飛行機に乗ると食前酒として飲みたくなるブラディ・マリー。ちなみに私は、ブラディ・マリーは日没前、夕日を見ながら飲むのがもっとも美味と信じている。

ブラディ・マリーで思い出したが、週刊文春の表紙絵に和田さんがレッド・アイというカクテルの絵を描かれたことがある。黒のバックに白いテーブル。その上に真っ赤なカクテルがグラスにいっぱい入っている。初出は一九九四年九月一日号。吉行淳之介さんの訃報に接した夜、和田さんはこのレッド・アイを飲まれ、吉行さんを偲び、表紙に描かれた。吉行さんは生前、二日酔いを治すにはこれがいちばんいいと好んで飲んでいらしたそうだ。

ビールを同量のトマトジュースで割るというカクテルである。

「へえ、おいしいのかしら」

「飲んでみようか」

和田さんの表紙絵のエピソードをもとにコンサートが開かれた夜、一緒に舞台に上がった森山良子さんと打ち上げの席で注文してみることにした。一つのグラスを良子さんと二人で譲り合いながら、一口ずつすする。そして顔を見合わせた。

「あんまり、おいしくないよね」

「なんでこんなもん、吉行さん、好きだったんだろうね」

隣の和田さんには聞こえないように小声で囁き合ったのを思い出す。

「そうだ、私、アレグサンダーというカクテルが好きだったのを思い出しました」

あるとき私がそう言うと、和田さんは、

「あれは、危ないカクテルだよ」

なぜかと問うと、和田さんは、『酒とバラの日々』というジャック・レモン主演の映画の話をしてくださった。

「酒が大好きな男がきれいな女性と知り合って。でもその女性は甘い物が好きだけどお酒は飲めなかったのね。そこで、このカクテルなら気に入るんじゃないかって勧めたのがアレグサンダー。コニャックにクレーム・ド・カカオと生クリームが入ってるカクテルだから、甘党の彼女はすごく気に入って。その後二人は結婚するんだけど、どんどんお酒に溺れて、飲めなかったはずの奥さんもアル中になっちゃって、夫婦生活が破綻していくっていう、暗ーい話なの」

「酒とバラの日々」の歌は子供の頃から好きだったし、ジャック・レモンもコメディアンとしては重々認知していたが、そんな暗い映画だとは知らなかった。驚きながらアレグサンダーを注文し、なるほどこのカクテルは危ないと思いつつ酔いしれた記憶がある……ような、ないような。というか、和田さんは、その映画に出てきたのがアレグサンダーというカクテルだったと話していらした覚えがあるような、ないような。違ったかもしれない。自信がなくなってきた。ねえ、和田さん、どうでしたっけ？

問い直したくても、和田さんはもういらっしゃらない。こんなことなら酔っ払ってばかりいないで、もっと和田さんのお話をしっかり記録しておけばよかった。だいいち私は和田さんと、こんなに何度もバーでお喋りしたのに、和田さんが好きなカクテルがなんであったのか、ちっとも思い出せない。モスコミュールを頼んでいらしたような。ときにギムレットも飲んでいらしたような。ワインはボルドー系の赤がお好きだったのは覚えているが。ああ、私はなんとダメな酒友達であったことよ。

初出
「波」2017年10月号〜18年3月号、7月号〜19年3月号、5月号、10月号、12月号
「クロワッサン」2011年5/10号〜6/25号、7/25号、8/25号、9/25号、11/10号〜12/10号、12年2/10号、3/10号、4/10号〜5/10号
右を適宜、順番を入れ替えるなどした。
「波」では「やっぱり残るは食欲」、「クロワッサン」では「残るは食欲」の題で連載。

装画　荒井良二
装幀　新潮社装幀室

アガワ家の危ない食卓

著者
阿川佐和子

発行
2020年3月25日

発行者 佐藤隆信
発行所 株式会社新潮社
〒162-8711 東京都新宿区矢来町71
電話 編集部 03-3266-5411
読者係 03-3266-5111
https://www.shinchosha.co.jp

印刷所
大日本印刷株式会社
製本所
加藤製本株式会社

ISBN978-4-10-465522-9 C0095